# 无人知晓

だれもしらぬ

【日】太宰治 著

程亮 译

中国出版集团 现代出版社

图书在版编目（CIP）数据

无人知晓 /（日）太宰治著；程亮译. —北京：现代出版社，2023.4

ISBN 978-7-5231-0118-6

Ⅰ. ①无… Ⅱ. ①太…②程… Ⅲ. ①长篇小说—日本—现代 Ⅳ. ①I313.45

中国国家版本馆CIP数据核字（2023）第031917号

无人知晓

作　　者：[日] 太宰治
译　　者：程　亮
责任编辑：申　晶
出版发行：现代出版社
通信地址：北京市安定门外安华里504号
邮政编码：100011
电　　话：010-64267325　64245264（兼传真）
网　　址：www.1980xd.com
印　　刷：固安兰星球彩色印刷有限公司

开　　本：880mm×1230mm　1/32
印　　张：7.5
字　　数：136千字
版　　次：2023年4月第1版
印　　次：2023年4月第1次印刷
书　　号：ISBN 978-7-5231-0118-6
定　　价：49.80元

# 目录


右大臣实朝 …………………… 001

铁面皮 …………………… 157

无人知晓 …………………… 177

越　诉 …………………… 189

追思善藏 …………………… 207

# 右大臣实朝①

① 源实朝（1192—1219），镰仓幕府第三代征夷大将军，兼任右大臣等官职。——译者注

承元二年戊辰。二月小。三日，癸卯，晴，鹤岳宫御神乐如例，将军家依御疱疮无御出，前大膳大夫广元朝臣为御使神拜，又御台所御参宫。十日，庚戌，将军家御疱疮颇令恼心神给，依之近国御家人等群参。廿九日，己巳，雨降，将军家御平愈之间，有御沐浴。（《吾妻镜》[①]。下同）

关于您询问的镰仓右大臣，我会尽力把我的所见所闻，避免虚饰如实相告，但我心思愚笨，万一记错了年份或想不起人名，还请您一笑对之，勿予追究。

光阴荏苒，故右大臣逝世至今，已有近二十年了。当时哀

① 镰仓幕府官修编年体史书，又称《东鉴》，以变体汉文书写，即主要全用汉字但措辞、语法等均为日文用法，与正统汉文区别较大。凡同此例，均直引不译。——译者注

其薨去，以大夫人为首，自武藏守亲广、左卫门大夫时广、前骏河守季时、秋田城介景盛、隐岐守行村、大夫尉景廉以下，共计百余家臣齐齐出家，连我这个二十出头的小人物，悲愁断肠之下，也糊里糊涂便出了家，此后匆匆二十年，远避浮世，隐居深山，镰仓、太夫人[①]、北条、和田、三浦，于今日之我皆已如淡影，不再有碍念佛，唯独一人除外，便是将军右大臣，每每思及大人，我心都要碎了，哪里还能念佛。观花也好赏月也罢，心头总会浮现大人的身影，那般清晰鲜明，教人情何以堪！此情无他，纯是怀念。也许仁者见仁，但在我看来，将军是确乎值得怀念的。有人诋毁他性情阴沉，有人称许他骨子里不愧有源家的辉煌气象，有人嗟叹其文弱，有人盛赞其优雅，然而一切这样那样的评价，其实都很无礼很讨厌。还有人据其处境推测，洋洋自得地说他已经厌世、自暴自弃甚至绝望，而我眼中的大人，总是悠然自在、无忧无虑，时常朗声大笑。总有那么一些人，爱从别人的处境推测对方活得痛苦，殊不知其人竟十分开朗乐观，到头来得见真相，则难免大吃一惊，这种事在这世上并不鲜见。

首先，单说大人的日常生活，我等从旁观之，就绝不是灰暗、抑郁的。父亲带我入府奉公伺候将军，是在我十二岁那年

① 源实朝之母北条政子（1157—1225）。——译者注

的正月十九日。而三天前，问注所[1]的善信[2]大人位于名越的宅邸毁于一场大火，将军托其保管的珍贵文籍尽成灰烬。善信大人入府谒见将军时垂泪不止，几乎完全痴了，我见他那副模样，扑哧一声忍俊不禁，待猛然回过神来，连忙往将军脸上一瞧，只见将军也向我瞥来，面露微笑。大量珍籍尽毁，他却毫无怨言，反而饶有兴味地和我一同看着善信大人愁叹连连，这样的姿态实属难得，简直有如神祇，我不禁心想：啊，我死也不离开大人。无论如何，我们之间存在云泥之别，天生便有高下之分，以我等俗人的鄙陋心胸去衡量大人，妄行种种揣测，正是造成天大错事的根由。怎会认为人人都一样呢？这是多么浅薄、多么自以为是的想法啊！实在教人气愤。那时将军刚满十七岁，但身体已然长成，其微微垂眸悠然而坐的姿态，看上去比府内任何一个老人都要理智、成熟、可靠。

老大每逢一岁暮，常觉光阴独弃吾。

当时的将军，甚至已能写出此等杰作。纵然知其天赋异禀，我等亦不免为之惊叹。关于和歌还有许多逸事，容后再禀。将

---

① 镰仓幕府设立的政务机构，主管诉讼事务。——译者注

② 三善康信（1140—1221），出家后取法名“善信”，是镰仓幕府初代问注所执事。——译者注

军从十三四岁就开始阅读《新古今集》[①] 等典籍，并由导师引领初窥门径，自己也一点点开始创作。到十七岁时，他已青出于蓝胜于蓝，成为一名优秀的歌人。他经常漫不经心地随手作歌，面带微笑递给我们传看，虽是信笔之作，却异常高明，令人震惊，以至我们竟生出一种古怪的心情，仿佛遭到了戏弄一般。和歌的事以后再慢慢说，我入府不久后——记得是在二月初，将军突然发起烧来，好像染上了天花，府内大乱自不必说，在镰仓乡人中间甚至传起将军临终的谣言，伊豆、相模、武藏等近国的家臣陆续赶来。而我毕竟是个入府奉公未久且年仅十二岁的孩子，只感到惶恐怯惧，那些梦寐难忘的记忆历历在目，至今仍深深地烙印在我心头。接下来就说一说当时的事吧。将军在二月初发烧，自六日晚开始病重，到十日几近危笃，但那时正是分水岭，此后便日见起色，病势越来越轻。二十三日午刻，太夫人携大夫人来探望将军，我当时也缩在角落里，只见太夫人径直膝行至将军枕畔，凝视着将军的脸庞，用如同谈论天气一般语气平静地说道："真想再看一次原来的那张脸。"我那颗尚且幼稚的童心，也不禁猛地一沉，堵得难受。大夫人听了这话，早已哭倒在地，太夫人则依旧凝视着将军的脸庞，语气平静地问道："您可知情？"将军脸上留下痘疤，容貌大变，身

① 即《新古今和歌集》，成书于镰仓初期，共20卷，收录约2000首和歌。——译者注

边侍从都装作不知，太夫人却毫不在意地点明此事，令我等大惊失色，吓得魂飞魄散。

将军轻轻颔首，微露皓齿笑道：

“很快就习惯了。”

此言何其难能可贵。将军果然出类拔萃，超凡脱俗。此后过去三十年，我已然听到四十岁临近的脚步声，然而不管到三十岁还是四十岁——不不，就算再过几十年，我终究也达不到那样澄澈的心境。这是何等秀逸杰出之人啊！或许已堪称融通无碍，心无芥蒂。起初我们真的认为将军已面目全非，但可能是习惯了吗？他似乎一点也不在意自己的容貌，大家便也在不知不觉间，觉得那张脸依旧和颜悦色，熟悉如昨。我很想相信，心地善良之人纵然脸上多出一些伤疤，反而可以变得更美，绝不会变丑。但是到了晚上，经灯光一照，那张脸上还是现出了许多可怜的阴影，我也不禁为之叹息，也想再次瞻仰原来的那张脸。然而这样的心情，正是凡夫俗子的微不足道的偏执，那叹息定是肤浅、无礼的。

同年。五月大。廿九日，丁卯，阴，兵卫尉清纲，昨日自京都下着，今日参御所，是随分有职也，仍将军家有御对面，清纲称相传物，令献古今和歌集一部，左金吾基俊令书之由申之，先达笔迹也，已可谓末代重宝，殊有御感，又令寻问当时洛中事御。

将军天花虽已平愈，毕竟大病一场，余邪未去，屡发轻烧，故而那年鹤岳宫的一切经会、放生会及其余祭祀活动，将军均未参加，一直蛰居不出。不，不止那一年，到第二年，余邪尽消，已不再发烧，将军也未去参拜鹤岳宫，第三年仍未亲至，依然由别人代参。直到第四年，即将军年满二十岁那年的二月二十二日，他才首次亲去参拜。时人妄行浅鄙臆测，以为将军因满面痘疤而不愿见人，甚至未曾进宫，但事实并非如此。将军固然蛰居日久，但绝非活得郁郁不乐。不发烧时，他与众随从一起作歌欢笑，频繁接见广元入道①和执权相州②，裁决幕府政务，较从前并无不同，亦无丝毫迹象表明他在意自己的容貌。我等认为，将军纯是一心顾及鹤岳宫的神灵罢了。他与其父右大将一样，敬神之念笃深，岂敢以大患后的不净之身前去面神，故而三年来用心良苦，只欲待身心洁净后再行参拜，仅此而已。这岂非单纯至极、合理至极之事？所以，切勿妄行浅鄙揣测，扬扬得意反复探究。

---

① 大江广元（1148—1225），镰仓幕府前期重臣。入道即出家。——译者注
② 指第二代执权兼相模守北条义时（1163—1224）。相州即相模国。——译者注

同年五月二十九日，将军大病余邪未去，久居京都的兵卫尉清纲来谒将军府，献上一卷藤原基俊[①]手书的《古今和歌集》，将军喜不自胜，甚至不吝盛赞：

“此乃传世重宝。”

一如后来京极侍从三位献上一卷家传私本《万叶集》时的喜出望外，当日将军手捧《古今和歌集》，心情大悦，因为他是那么爱好学问之人，甚至早在十三四岁时，就已通读《新古今和歌集》，无论《古今和歌集》还是《万叶集》，他都看过抄本残片，大体内容俱已知悉。但毕竟那年正月，他托管在善信大人文库中的心爱歌集尽被烧毁，尽管当时依旧笑容灿烂，并未出言责备，但后来似乎也因缺少书读而感到了不便和无聊。正因如此，当日清纲进献的《古今和歌集》不啻旱天慈雨。红光满面的将军把清纲唤至近前，夸赞那卷《古今和歌集》为传世重宝，又问起京都近况，如此多方探询。将军爱好广泛，遍及和歌、蹴鞠、赛画、管弦、饮宴等，但他似乎最喜听人讲述京都传闻。他怀念京都风气，又如赤子般倾心于朝廷贵人，屡遣近侍上京，期待他们回来讲述京都见闻，那热切的模样，令一旁的我们也变得同样渴盼。当日，他也听清纲讲了许多京都见闻，兴致勃勃地度过了一天。在已经过去的五月九日，京都举

① 藤原基俊（1060—1142），平安时代后期的歌人、书法家。——译者注

办了新日吉小五月会[1]，上皇[2]行幸，清纲口才便讲起当时美好热闹的场景，历历如现眼前，还说为免记错赛马、骑射、立射等节目，他已记在纸上，并从怀中取出卷纸，在将军面前展开。当时第一场赛马是谁对谁，第二场是谁对谁，鼓手由朝廷大臣亲定担任，钲手是长季，非常热闹……一干记录，写得一清二楚。还有骑射比赛，连一个名叫峰王的漂亮童子也参加了，但他拉紧弓弦一箭射出却未中靶，当即臊得逃离现场，很快就出家了。大夫人及一众近侍听了，都笑得合不拢嘴。

“京都一派光明气象，如此甚好。”将军也微笑道。

这位清纲，本是大夫人的属下。众所周知，大夫人是前权大纳言坊门信清之女，而坊门信清是上皇的娘舅，在京都也是屈指可数的名门。她十三岁时嫁入镰仓，当时将军同为十三岁，正是金童玉女喜结良缘。据说，起初执权[3]所荐之人是北条家近亲足利义兼之女，但当时将军虽说只有十三岁，直觉却很敏锐，他明确宣告：

“将军正室当在京都。”

---

① 京都的新日吉神社依照近江国大津的日吉神社的惯例，于每年阴历五月九日举办的祭祀活动。——译者注

② 已退位的天皇，即为太上天皇，简称上皇。此处指后鸟羽上皇。——译者注

③ 镰仓幕府政所的长官，是辅佐将军统辖政务的最高官职。自北条时政任初代执权以后，此职位均由北条氏世袭。——译者注

于是，周围的人只好对京都公卿之女多方筛选，当地也有人代为斡旋，最终选定坊门信清之女。关于此事，我听世人每每议论，尽是些下流无耻的风言风语，说将军少年早熟，色欲熏心，瞧不上足利家那虎背熊腰的乡下姑娘，更钟意绰约婀娜的城里女子，这简直岂有此理！将军只是出于一贯的磊落之心，想把京都的光明气象也揽到东国来，才宣称正室须是京都人。倘再细思，这也是将军的纯真无邪的灵感，而这种灵感便是如此。当时看来或许微不足道，但事后随着时光流转，诸事都将一一兑现，十分不可思议，如此率直适切的举措，力压万人群议。假如不从遥远的京都择偶，而是自东国家臣之女当中择选，其结果便是在关东又促成一家堪与北条氏比肩的外戚，两家外戚共处一地有多麻烦，自幼便经历过北条氏与比企氏对立的将军自然一清二楚，他所以这么做，或许便是预见到了那有害无益的风波。可偏偏有些贱民，仍将之形容为偏袒之见，认为强赋意义也难掩其失，好像还有人像煞有介事地做出十分夸张的猜测，认为此时将军已有朝幕合体乃至大政奉还的深谋远虑，所以才从上皇外戚中择偶，这也是凡夫俗子的杞人之忧。我所崇拜的将军，绝非玩弄阴谋之人，便是每次政事裁决，也和作歌时的态度一样，通过现场气氛加以推测，毫不犹豫地决定向右还是向左，大概这才是真正的所谓灵感吧，没有丝毫道理可言，万事无不果断干脆。归根结底，他只是拥有一颗渴求光明的心。

“平家，光明。”他也曾这般说。

战记故事[①]当中，有“遂于六波罗[②]，毁五条桥，立垣盾[③]以待，源氏顷刻攻至，哄然作声，清盛惊于鲵波[④]，具物备甲，取胄反穿，侍从皆言‘胄逆’，清盛以为众人疑己怯敌，乃曰：‘吾将往敌方迎接主上[⑤]，恐君[⑥]从后袭来，故而逆着，不可不防。’”这一所谓“佯作忠义”的节段，将军曾令近侍反复朗读，闻之欣然微笑。此外，将军还喜欢平家琵琶[⑦]，屡次召琵琶法师入府说唱，他似乎最爱《坛浦之战》等曲段，听到“新中纳言知盛卿[⑧]，乘小舟，急参御所[⑨]之御船，言：‘今世间即若此。凡丑陋之物，请皆投入海，清扫船只。’扫、拭、拾尘，奔走于舻舳亲自扫除。众宫女问：‘中纳言大人，战况究竟如何了？’答曰：‘珍稀之东男[⑩]，不日或可得见。’言毕哈哈大笑。”之处，亦曾

---

① 此处指《平治物语》。——译者注

② 位于今京都市东山区松原町附近，五条与七条之间。平清盛曾在此地兴建宅邸，供平氏一门居住，故平氏政权又称“六波罗政权”。——译者注

③ 列立盾牌如墙垣之形以防箭射。——译者注

④ 战阵前众人齐吼之声，亦称“鲸波”。鲵：雌鲸。——译者注

⑤ 指二条天皇。——译者注

⑥ 指与儿子二条天皇争权的后白河上皇。——译者注

⑦ 用琵琶弹唱《平家物语》。——译者注

⑧ 平知盛（1152—1185）。平清盛与其继室时子之子。——译者注

⑨ 此处指平清盛的外孙安德天皇（1178—1185）。——译者注

⑩ 指源氏的武士。——译者注

微露皓齿而笑，自言自语道：

“光明乃毁灭之姿吗？无论为人还是治家，处于黑暗尚不至灭亡。”

即便同是平家琵琶，对于源家活跃的部分，将军也并无兴趣。有一次，他听那须与一[①]的一段——“与一取镝引弦，满弓放箭。人固矮小，十二束三伏[②]之弓却强，镝矢长鸣，声彻海面，正中扇钉其上寸许处，一箭即断。长镝坠海，断扇舞空，经历几度春风揉，终归散落入海。大红扇面辉映夕日余晖，漂于白波之上，不浮不沉，随波摇荡。海上平家叩舷赞叹，陆上源氏击箙[③]喧嚣。”至此尚能听得入神，但随后一段——“目睹如许神技，或致感慨不胜，但见平家船中步出一人，年约五旬，着黑革威[④]铠，拄白柄长刀，行至立扇处站定起舞。伊势三郎义盛，凑近与一身后，道：‘御旨有命，射杀此人。’与一今番取征矢[⑤]引弦，满弓放出，正中舞毕男子当心，将之一举射翻，栽倒船底。言‘穿心’者有之，叹‘可怜’者亦多有。平家一方鸦雀无声，源氏再度击箙喧嚣。”法师说得趣味横生，将军却未听完，便突然起身离席而去。总觉得将军不太喜欢其叔父九郎

① 源义经的部下，以箭术高超而闻名。——译者注

② 箭长十二拳加三指。——译者注

③ 用兽皮或竹木制成的箭袋。——译者注

④ 将染成深蓝色的黑革细细裁切缀连而成的铠甲。——译者注

⑤ 战场用箭。——译者注

判官[①]，他由衷尊敬之人，当是其先祖八幡太郎义家公[②]和其父右大将。

请原谅我得意忘形，尽说些不着边际的话，总之，年轻时的将军，其日常生活绝不阴暗，倒不如说和气蔼蔼。他当时创作的和歌，虽然口碑不佳，但其实写得很美。

风吹宿枝春雨露，色香零散棣棠花。

诚可谓天真烂漫。心中便有一丝忧虑，也写不出这等歌作。

承元三年己巳。五月大。十二日，甲辰，和田左卫门尉义盛，可被举任上总国司之由，内内望申之，将军家被申合尼御台所御方之处，故将军御时，于侍受领者，可停止之由，其沙汰讫，仍如此类不被听，被始例之条，不足女性口入之旨，有御返事之间，不能左右云云。

同年。十一月大。四日，甲午，于小御所东面小

① 源义经。源义朝的第九子，曾官任检非违使，故俗称九郎判官。——译者注

② 源义家。源家嫡男，曾于石清水八幡宫行冠礼，故俗称八幡太郎。——译者注

庭，和田新左卫门尉常盛以下壮士等射切的，是弓马事，不可被思食弃之由，相州依谏申，所被兴行也，故可有胜负云云。五日，乙未，相模国大庭御厨内有大日堂，本尊殊灵佛也，故将军御皈依不等闲，而近年破坏之由就被闻食及，召损色，可加修造之旨，今日被仰相州云云。七日，丁酉，去四日弓胜负事，负方众献所课物，仍营中及御酒宴乱舞，公私催逸兴，以其次，武艺为事，令警卫朝廷给者，可为关东长久基之由，相州、大官令等被尽讽词云云。十四日，甲辰，相州，年来郎从之中，以有功之者，可准侍之旨，可被仰下之由，被望申之，内内有其沙汰，无御许容，于被听其事者，如然之辈，及子孙之时，定忘以往由绪，误企幕府参升欤，可招后难之因缘也，永不可有御免之趣，严密被仰出云云。

同年，同月。廿七日，丁巳，和田左卫门尉义盛卜总国司所望事，内内有御计事，暂可奉待左右之由蒙仰，殊抃悦云云。

似有那身份低贱的贫嘴薄舌之众，鼓噪喧嚣，斥太夫人专横，骂执权相模守义时阴险，但就我等所见，无论太夫人还是相州大人，俱是性情坦荡之人，心口如一，直言不讳，行事光明磊落，不会做出打一巴掌给个甜枣的故弄玄虚之举。许是北条氏一族与生俱来的特征，他们的性格有顽固执拗、一丝不苟的一面，最讨厌徒劳无功，眼里揉不得半点沙子，唯独这一点，令当时精力旺盛爱开玩笑的我们心里打怵。还有一点，颇有些难以启齿，勉强言之，便是粗俗。当然，我们没资格说三道四，连我当时也承蒙太夫人和相州大人关照，备受恩宠。说这种话可能我的嘴真会烂掉，但我总是觉得，北条家的人，身上都有一种难以形容的粗俗气息，这种令人生厌的恶臭逐渐凝结成了阴影，成为日后种种惨祸的根源。不，他们绝非坏人，都是认真正经的好人，勤恳奉公毫无二心，同将军的关系看上去也极为融洽。好像有不少人议论纷纷，像煞有介事地说，将军与太夫人就和田左卫门尉想当上总国司一事爆发争论，终致二人不睦，而这也成了将军孤独、厌世之念与日俱深的原因。这种说法本属空穴来风，非是无因，但所谓争论，则是荒唐无比的捏造，二人身份那般高贵，又是至亲母子，岂会如此轻易便爆发争论，恐怕终此二人一生，都不会发生那般可鄙之事。

那是五月中旬的一天，阳光明媚，太夫人来到内院，同将军安静闲谈。我恭候在一旁深感幸福，想我何德何能，竟然有幸侍奉这一对恬然自在、教人直欲合十礼敬的贤母孝子。

“和田想当上总国司。”

“不可。”将军话音刚落，太夫人便轻声说道。然而，她嘴角流露出温柔的笑意，似乎觉得年轻的将军可爱极了。“和田毕竟老了。”

将军一直对老忠臣和田左卫门尉偏爱有加，尤其在去年无奈痛失其祖护的畠山一族之后，对这唯一幸存的大功臣便愈发珍视，甚至我们能隐约看出，他是想尽可能批准和田当上总国司的。当日，将军正和太夫人唠着家常，突然提起此事，而太夫人似乎已对将军的心思有所体察，微笑道：“不，还是不行。故右大将在世时，早已定下武士不得继任的方针。”太夫人轻声细语地将故右大将的先例告知将军，将军认真聆听，几度颔首赞同，然后再次向太夫人施礼道谢。

“不过，”如此坦率的将军，想必令太夫人无比怜爱，她笑得更大声了，似乎意在鼓励将军，“父君是父君，想来我儿自有我儿的手段，嗯，今后再无须女子多舌了。”这怎就成了那所谓争论呢？母子二人齐心探寻故右大将的先例，尽力避免与之相违，这正是其一心致力于善政的证据，却被谣传成母子不睦致使将军厌世，简直是大放狗屁，啊，惭愧，我太过激动，以致言语粗俗。但窥一斑可知全豹，在我看来，将军与相州大人的关系，也一点不像俗世间的街谈巷议那般，有任何诡异、阴暗、险恶之处。身份高贵且灵感洋溢的将军，与性情直爽且思虑周全的相州大人之间，没道理发生愚蠢的对立。并不是说二人不会意见相左，但他俩都是出类拔萃、能力出众的同志，未来再过几百年，这个国家也未必能再出现一位这样的人物，可以说，二人悟性奇高，善于变通，往往朗笑颔首，彼此达成一致，那情形从旁见了，便是幼童也觉爽快。较之世间那些总是唠唠叨叨争论不休乃至打打杀杀兴风作浪的愚蠢浅薄的所谓同志，相去不啻云泥之别。十一月四日，将军府内举办了一场射箭大比赛，其实，相州大人先前只是说了句“比赛作歌也不错”，将军便立刻提出要比赛射箭，相州大人遂领命开始准备，仅此而已。但似乎仍有人恶意猜测。据部分传言称，将军是在相州大人的严厉谏言之下，才极不情愿地改了口。很多时候，正主双方分明相安无事，却有旁人无事生非煽风点火，最终造成匪夷所思的结果，这种事在这世上当真屡见不鲜。将军欣然观看了射箭比赛，其喜悦是发自内心的。翌日，相州大人来到内院，为昨日之事答谢将军，并笑问将军感觉如何。

“比赛射箭也不错。”将军完全模仿相州大人昨日那一言笑道。然后，他话锋一转，温声提出：“故右大将皈依未久，相模国大日堂竟已荒废，请即刻派人修缮。”

将军所以这么说，许是意在告诫，提醒对方武道固然重要，敬神崇佛之念也不可忽视。相州大人哈哈大笑，似乎很是愉快，道了声“抱歉”便退下了，用老百姓的话说，他是被漂亮地将了一军。正因为是相模国内之事，而自己担任国司，想必更感过意不去。二人之间的应酬，总是这般轻描淡写，显然无可指责，完全没有坊间风传的反目成仇。第三天，即十一月七日，将军府里举办了一场酒宴。将军喜欢热闹，有事没事都爱设宴。他笑呵呵地望着众人嬉闹，看上去是由衷地开心。在四日的射箭比赛中败北之人，当天须招待获胜者，将军也觉有趣，便亲自上场，为大家斟酒端菜，席间愈发热闹起来，有人纵声欢笑，有人欣然起舞，有人破口大骂，有人烂醉痛哭，还有人角斗凑趣。那一晚的宴会活气横溢，与以往的歌乐管弦之宴截然不同。将军似也觉得这样的狼藉之宴十分少见，感到了一种异于寻常的乐趣，于是痛饮不休，还跟相州大人和入道大人开起了小玩笑，显得其乐融融。

“虽说是射箭比赛后的庆宴，”不喜饮酒的入道大人环视四周，露出优雅的苦笑，“也有点过于狼藉了。”

“这种程度无妨。”相州大人盘腿而坐，一边啜饮杯中酒，一边愉快地望着众人喧闹，“这样很好。”

“我实在最怕宴会，”入道大人瞥了一眼将军，“比武较艺之后摆酒庆贺，倒也不无意义，我还可以忍耐，但一些匪夷所思的古怪酒宴，最近可是越来越多了。”他皱眉说道，像老人在发牢骚。然而，将军依旧面带微笑，似无所觉。

“可是，”相州大人语气含混，如同自言自语一般，“女人酒是免不了的。”

“是吗？”入道大人脸上浮现出一抹笑意，凑上前去，“你也变得极风流了呢。我一向听闻饮酒是为振奋士气，如此说来，倒还有别的种种功德。”入道大人总是话里有话，我也不知他到底想说什么。

这时，将军也如自言自语一般轻声说道：

“饮酒但图一醉，哪来别的功德。”

然后便踉跄起身，回房去了。相州大人与入道大人面面相觑，彼此使了个眼色，目光锐利。事情仅此而已，后来却被人严重夸大，大肆宣扬，才引出了“相州大人和入道大人谆谆劝谏将军放弃风流专注武艺”这等谣言。入道大人暂且不提，单说相州大人，理应比谁都清楚将军的非凡本性。将军年仅十二岁便成为关东之长者，奉旨任征夷大将军，次年即已亲自受理地头[①]申诉——当然有相州大人和入道大人在旁侍奉，出谋划

① 平安末期到镰仓时代负责管理庄园及国司领地的官职。——译者注

策；即使到了后来，他也首先专注于人民的诉讼，督促奉行[1]避免裁判留滞，并计划派遣奉行至其各自领国，现地受理人民诉讼，使百姓免于上诉之苦；此外，将军执政时还首次允许百姓越级直诉，并一一做出了公正的裁决。对于如此天赋英才，似相州大人这等人物，又岂会不理解呢！谆谆谏言？相州大人若是听闻这等传言，只怕难免惊愕苦笑。在我看来，对于将军那近乎天衣无缝的人品，便是相州大人也没资格说长道短。非但没有所谓谆谆讽谏言，在那场大宴过后的第七天，即十一月十四日，相州大人更是被将军谆谆教诲了，可谓怪矣。年近五旬、通情明理的相州大人，被年仅十八的将军温言教诲，却无一句怨言，这等场景太可喜、太难得了，至今想来仍觉痛快至极。将军此举绝非出于浅薄之心，欲向相州大人发泄怨气，而是凛然传达了正确的道理。关于此事，之前也曾反复多次说过，将军内心始终像初夏的蓝天一样澄澈明朗，仿佛完全不知憎厌、怨恨、愤怒为何物，裁决时从不勉强，右就是右，左就是左，毫无偏执地爱着所有人，而且并无深重的执念，举止顺畅自然，犹如行云流水，所以我坚信，当日他对相州大人所言也别无他意，只是顺应灵感直言不讳，可谓自然而然。

当时相州大人随口告诉将军，他此番前来，是想获准从侍

---

① 武家时代的官职。始于镰仓幕府设立多种奉行，负责佐理政务。——译者注

奉多年的随从当中提拔一位特别有功之人成为武士。

将军却莞尔一笑："你想过吗？"

"啊，什么？"相州大人愣住了。

"不可。"

"为何？"相州大人目瞪口呆。他原以为这只是一个很简单的请求。

"子孙难免生出更大的贪欲。"

将军语气凛然，令相州大人不由得猛地双手扶地。

将军继续谆谆教诲道："倘依随从之功，将其提拔为武士，则那一代人或可感奋于主恩，愈发效忠尽勤，但至其子其孙两代便会忘记，其父、其祖父以前只是随从，只因特别恩典而被破格提拔成了武士。他们甚至会生出荒谬绝伦的贪欲，妄图更进一步成为家臣进入将军府乃至参政，这等野心是不可避免的，很有可能成为幕政混乱的祸根。"

"这种事今后也难免会有，但我永远不允许其真的发生。"将军声音爽朗，略作停顿，似乎想到了什么，低头哧哧笑道，"管弦似乎不错。"

相州大人如释重负，一面环顾四周一面高声笑道："这是弓马的建议遭了报应吗？”

“那也不无可能。”将军当即答道。

真是个妙人。当然那只是玩笑，绝不是因为前几日相州大人和入道大人拐弯抹角地说了些什么，将军便怀恨在心，欲借此机会狠狠地报复回去。这等卑鄙居心丝毫也无，而且正因如此，他才能那般坦然地笑着说出“那也不无可能”这句话来，否则心里纵有一点芥蒂，也不可能答得那般干脆。

相州大人似乎也看穿了这一点，听了将军的回答反而似乎松了口气，转向随候在一旁的我们说道：“此乃彼此之幸。”他的语气低缓、沉静，仿佛不完全是在恭维。

从那以后，将军变得愈发豁达，依从所谓灵感，悠然裁决诸事，不再像过去那般同相州大人、入道大人或太夫人商量，终于开始了独立自主的仁政。至于上次和田左卫门尉恳求担任国司一事，据说后来，左卫门尉又光明正大地上书陈情，重申此事，并亲自列举了和田家自治承[①]以来的诸多功勋，自称后半生的唯一心愿便是成为国司云云。将军仔细看过那份绵绵不绝的陈情书后，不顾太夫人之前已就此事搬出故右大将的先例，召见了和田左卫门尉，若无其事地吩咐道：

---

① 日本年号，公元1177年至1184年。——译者注

"我会妥善安排，你且稍待些时日。"

左卫门尉义盛老眼含泪喜不自胜。但我并未忘记那年的五月中旬，在那个阳光明媚的日子里，那一对悠然闲谈的母子美好而尊贵的身影，即便作为孩童，我心里也捏了把汗。然而，此事自非凡虑能及，相较于大人，我等无异于盲龟，只能坚信其基于天赐灵感所发的一言一行均正确无误。

承元四年庚午。五月小。六日，癸巳，将军家渡御广元朝臣家，相州、武州等被参，及和歌以下御兴宴云云，亭主以三代集为赠物云云。廿一日，戊申，将军家渡御三浦三崎，于船中有管弦等，每事催兴，又览小笠悬，常盛、胤长、幸氏以下为其射手云云。廿五日，壬子，陆奥国平泉保伽蓝等兴隆事，故右幕下御时，任本愿基衡等之例，可致沙汰之旨，被残御置文之处，寺塔追年破坏，供物灯明以下事已断绝之由，寺僧各愁申，仍为广元奉行，如故不可有懈缓仪之趣，今日被仰寺领地头之中云云。

同年。十月小。十五日，庚午，圣德太子十七个条宪法，并守屋逆臣迹收公田员数在所，及所被纳置于天王寺法隆寺之重宝等记，将军家日来有御寻，广元朝臣相触寻之，今日进览云云。

同年。十一月大。廿二日，丙午，于御持佛堂，被供养圣德太子御影，真智房法桥隆宣为导师，此事日来御愿云云。

次年，即承元四年，我还记得的事已然所剩无几。但将军的日常生活愈发悠闲自在，较之去年，身体似乎也更健康了，以前是多病之躯，而这一年，他一次也不曾蛰居，又像往日一样，屡屡命人举办和歌、管弦之宴。至此将军已完全长大成人，入道大人和相州大人似乎都放心了些，很少再杞人忧天地从各方面提琐碎的建议，甚至他们还主动邀请将军外出游玩。唯高尚品德的感化之力方能成就如此美事。幕府安泰，国家和平，偶尔将军听闻有人申诉某处社寺[①]荒废，便会立刻调查该社寺的史实，若理当使之恢复兴隆，便召来相州大人仔细叮嘱，但相州大人并无笃深的敬神崇佛之念，每次都瞠目结舌哑口无言，其窘状已成了将军府里的笑谈。平安无事的日子就这样一天天地过。我曾听那些好事之人后来跟别人说，右大臣执政时期，乃源家生死存亡之紧要关头，而将军府自始至终是一个充满反目、嫉妒、阴谋的熔炉，言之凿凿，仿佛了若指掌，但实际上，

① 神社和寺庙。——译者注

这种事唯有真正深居其中方能得知。譬如今年，连内院庭中的八重樱都比往年开得更繁更美，香气更浓，府内欢声笑语不绝，大家都沉浸在将军明政万代不易的幸福之中。这一年，将军又埋头于学问，利用处理政务的短暂余暇也看了很多书。

“我想多了解厩户皇子[①]的事。”

这句话似乎成了他的口头禅。他还让入道大人和善信大人帮忙，收集了大量记载圣德太子治迹的古文献，以异常紧张的状态开始调研。

“古今无双，诚乃神佛化身，”有一天，他声音嘶哑地说出这句话，长出了一口气，“我想教海外诸国之人也都知晓。”

昔日的厩户皇子，我等甚至提及其名亦感莫名敬畏，浑身战栗，其治迹之高不可推量，乃是真正的圣人。例如，我等只能运动浅薄的凡虑，稍作猜想：皇子殿下慈悲深厚，言行充满灵感，崇佛之心恳切，这很可能令故右大臣得到了宝贵的教训。厩户皇子真仿佛神佛化身，而故右大臣，亦有许多不可思议之处，似非此世中人。前一年七月，将军也向住吉神社敬奉了二十首和歌，据说是他依某夜梦中神谕所作，还有承元四年十一月二十四日，骏河国建福寺镇守马鸣大明神的别当、神主

① 即圣德太子。厩户是其本名。——译者注

等人紧急呈报，称廿一日卯刻有神谕，酉岁当有战事。相州大人和入道大人焉能袖手旁观，便询问将军是否需要重新占卜，以明神谕正误，将军则怅然一笑，平静地答道：

“不必重新占卜。廿一日拂晓，我做了同样的梦。”

大家不由得面面相觑。果然，三年后的建保元年癸酉之岁，那场和田之战于镰仓爆发，将军府也遭焚毁。像这样的梦中奇迹，后来也屡屡发生。而且不光是梦，将军还曾在酒宴上突然观一近侍面相，然后预言了那人的命运。他讲得头头是道，每言必中，令我们不得不相信，他天生便与我等不同。据说，令人敬畏的厩户皇子乃天神下凡，神通自在，周身大放光明，我等诚惶诚恐，委实不敢仰观，因此不能确知其究竟如何尊贵、伟大。但像右大臣那样的人，也许灵光一现就懂了，所以他对皇子的头脑、手腕及德行之高赞不绝口，认为皇子的治迹才是日本国政治的永久典范，于是加以活学活用，原本未来多有可期。然而很不幸，他死时年仅二十八岁，在即将大有作为的美好年华凋零逝去。这与其说是源家的损失，不如说是日本国的巨大损失。

承元五年辛未。正月大。廿七日，辛亥，霁，寅刻大地震，今朝日无光阴，其色赤黄也。

同年。二月小。廿二日，乙巳，晴，将军家御参鹤岳宫，朝光役御剑，去承元二年已来，依令惮御疱疮之迹给无御出，今日始有此仪。

同年。五月小。十五日，丙寅，未刻地震。十九日，庚午，小笠原御牧牧士与奉行人三浦平六兵卫尉义村代官有喧哗事，今日被经沙汰，对如此地下职人，称奉行，恣令张行之间，动及喧哗，偏忘公平之所致也，早可改义村奉行之由被仰出，被付佐原太郎兵卫尉云云。

同年。六月小。二日，壬午，阴，申刻，将军家俄御不例，颇有御火急之气，仍戌刻，于御所南庭被行属星祭。三日，癸未，晴，寅刻，御不例御减，御梦想之告严重云云。七日，丁亥，越后国三味庄领家杂掌，依诉讼参向，令寄宿大仓边民屋之处，今晓为盗人被杀害，曙之后，左卫门尉义盛寻沙汰之，称敌人，召取件庄地头代，仍其亲类等，属缘者女房，内内诉申尼御台所御方，而义盛沙汰不相违之由，被仰出之，申次骏河局及突鼻云云。

同年。七月大。三日，壬子，晴，酉刻大地震，牛马骚惊。

同年。八月大。十五日，甲午，晴，鹤岳宫放生会，将军家依聊御不例无御出。廿七日，丙午，晴，将军家御不例之后，始诣鹤岳八幡宫给。

同年，九月小。十五日，甲子，晴，金吾将军若君，于定晓僧都室落饰给，法名公晓。廿二日，辛未，霁，禅师公晓为登坛受戒，相伴定晓僧都令上洛给，自将军家被差遣扈从侍五人，是依为御犹子也。

在将军二十岁那年，即承元五年，自三月九日改元为建历元年，是年屡发大地震，近处火灾频仍，夏季雨势不断，洪水泛滥，而且将军身体欠佳，经常蛰居不出，如此种种，使得内院众侍从也都愁眉苦脸，几乎不闻笑声。那真是个可恶的凶年。

虽说蛰居不出，但心情好时，将军仍喜欢举办酒宴，在和歌上也一如既往，佳作源源不断有如泉涌。大约在四月末，将军还带大家来到永福寺，他像个纯真的稚童一样，在寺内林中伫立良久，迫不及待地静候大杜鹃初啼，可惜足足等了两三个时辰，却连一声也没听到，最后只能悻悻而归。这件事成了那一年内院仅有的笑料，除此之外，便再没什么愉快的回忆了。也是从那一年开始，将军裁决政务变得愈发纯熟，愈发凛然——不，应该说是愈发严峻，从这一点上，我也感到了不安，仿佛上一年的闲适气氛正逐渐从府内消失。五月中旬，小笠原官家牧场的牧人与奉行三浦平六兵卫尉的代官发生私斗，不管怎么说，牧人毕竟是庶民身份，而三浦大人位高权重，牧人竟敢向其代官出手，此举可谓荒唐，大家都惊诧于此人竟做出如此蠢事，但将军对于此事的裁决却出人意料，犹如晴天霹雳。

“错在三浦。牧人所以反抗，乃奉行威德尽失之故，当令其辞职反省。”将军面色如常，坦然说道。

当时，连陪居末座的我也吓出了一身冷汗。这真是一个豪胆无比的果敢裁决，三浦大人位高权重又如何，将军完全不放在眼里，他循天理下裁断，毫不犹豫，虽说向来如此，当时我也只能瞠目感叹罢了。原来如此，那名代官与庶民下属争斗，是为以上欺下，乃奉行失职。由此看来，这样裁决的确合情合理，但即便如此，在我等凡夫俗子看来，以这种颇显草率且较为苛酷的方式处置三浦平六兵卫尉这样的大人物，后果委实难料，教人不得不捏一把汗。此外，在六月初，和田左卫门尉逮捕了三味庄的地头代[①]，由此也引出了一些麻烦。越后国三味庄二当家的杂掌[②]被盗贼杀害，凶手潜逃，身份不明，左卫门尉决定召来地头代加以审问，但地头代的亲戚们不服，暗中向太夫人告状，从而导致

---

① 镰仓时代的武家职名，为地头一职的代官，代地头管理其领下一地事务。——译者注

② 负责诉讼及收租征税等事务的庄官。——译者注

了古怪而尴尬的局面。当时，将军病后初愈，尚下不来床，但他决不怠慢政务，当日也听相州大人汇报了诸国种种讼事，其时，随侍女官骏河局[1]双唇紧闭缓缓进前，复施一礼，道：

“禀将军，有人无辜受召被审。越后国三味庄的——”

她话未说完，相州大人就咂了咂嘴：“哦，是那桩事啊，已经了结了，将军都说左卫门尉处置妥当，你怎么又提起来了。”说完，他皱起眉头，微微噘嘴，颇显不悦。

“太夫人也有口谕，”向来刚强的骏河局不甘示弱，颤声说道，“恳请将军重新调查，这次和田左卫门尉的处置完全不合道理。地头代无辜蒙冤，一众亲属涕泣不已，其遭遇实在令人目不忍睹，所以太夫人也很担心。”

听对方提起太夫人，相州大人幽幽一笑，似乎突然改了主意，瞥了一眼病榻上的将军，正欲说话——

“不在于正邪。”将军依旧双目微阖，迅速说道，“做事当有序，和田尚未结束审问，岂可无理取闹，擅自说合。”

相州大人似乎也始料未及，瞠目结舌地盯着将军，骏河局则瞬时颜色大变，成了一张丑陋的哭脸，然后单手抚胸，宛如

---

① 即阿波局。源实朝生母北条政子之妹，为实朝乳母。——译者注

遭人刺伤，一边痛苦扭动一边伏地叩拜。虽然将军的口吻听来绝非愤怒，但从其坚决果断的话语深处，可以感受到一种冷峻、孤独的超凡决心，连尚且童真的我也同样感到战栗。说是童真，其实我当时已有十五岁，可以充当将军的歌伴了，但相较于将军那万事从容的成熟心态，实有天壤之别。建历元年的将军也才刚满二十岁，但就在那年七月，当关东地区发生洪灾时，他已然写出了那首著名的和歌：

过犹不及民哀叹，八大龙王速止雨。

无论在名义上还是实际上，他都展现出了身为关东大长者的堂堂威严。虽说此乃天赋异禀，但不拘面对何事，他究竟能做到多么尽善尽美，我等凡夫俗子是完全无从揣量的。

关于和歌，稍后再讲，是时候说一说那位年轻的禅师了。众所周知，故右大将有二子，长子是赖家公，即后来的二品禅师，次子是千幡君，即后来的右大臣，除他二人以外，似乎还有别的同胞，但俱已早夭。故右大将于正治元年正月十三日去世，享年五十三岁，由源家嫡长子——当时十八岁的赖家公承袭了父亲的遗勋，是为二代将军。关于此人，我等所知甚少，只听说他身体有病，性情暴躁，精擅蹴鞠，兼且貌美无双，总之是个本领非凡之人，然而彼时时势可谓险恶，镰仓及地方反徒层出不穷，诸事皆不如意，而他又因脾气暴躁之故，时常行止草率，思虑不周，不但屡受自家人非难，或许连上天也抛弃了他，病情日趋严重，终于在建仁三年八月陷入危笃，值此危急关头，他也下定决心，任命长子一幡为家督，并将总守护职及关东二十八国的地头职让于一幡，又将关西三十八国的地头职让于弟弟千幡。此举成了纷争的根由。一幡的外祖父家比企氏与千幡的外祖父家北条氏之间迅速爆发争端，结果比企氏全灭，当时年仅六岁的一幡也死于非命，病榻上的左金吾将军赖家公闻讯勃然大怒，当即向和田氏、仁田氏等氏族发布书面命令，要求讨伐北条氏，但北条氏很快便得知此事，反致赖家公身陷险境。于是太夫人强迫长子赖家公出家避祸，又请其宣旨由弟弟千幡任将军一职，最后赖家公待病情好转，便离京去了伊豆国修善寺，那场浩大风波终于因太夫人的周旋而告一段落。左金吾禅师在修善寺郁郁度日，终于在次年，即元久元年七月十八日去世，享年二十三岁。关于他的死，有一则可怕的传言，说他乃是死于北条氏的暗杀，不过我当时毕竟才七八岁，况且探究这种事难免令人心情沉重，所以我对此事是否属实持否定态度。二代将军赖家公即出家人二品禅师，有一幡、善哉、千寿等几个儿子。长子一幡在比企氏之乱中连同比企氏一族被北条氏杀害；三子千寿后来也被卷入信浓国居民泉小次郎亲平等人的谋叛，不久便出家蛰居京都，法号荣实，但又有传言说他谋反，最后在京都的寓所自尽了；次子善哉未遭灾祸，得以茁壮成长，据说他在六岁那年，即元久二年的十二月，依其祖母太夫人的指示，作为鹤岳八幡宫寺别当[①]尊晓的弟子进入僧院，并在次年建永元年，仍是在太夫人的安排下，成为将军义子。建历元年，他终于十二岁了，是年九月十五日，他在当时的别当定晓僧都的禅房内剃度受戒，取法名公晓，随后太夫人带他来向将军请安，那是我初次见到这位年轻的禅师。一言以蔽之，他是个非常亲切的人。他看上去拥有自幼尝尽世间辛酸之人所特有的磊落，但同时，笑容里又隐藏着一丝卑屈、怯懦的阴影，他带着那害羞般的笑容，对我等近侍也一一鞠躬致意，显得彬彬有礼。从那个年仅十二岁的孩子的态度中，隐约可见其强行试图表现出开朗和天真的努力，我觉得他很可怜，心下黯然。不过，源家直系的血统果然优异，他的身体长得十分强壮，至于容貌，尽管与将军那坚毅厚重的面庞相比，显得有点过于纤美，但仍如贵公子一般优雅。当时，他像撒娇似的紧挨太夫人而坐，然后仰头看着将军，只是微笑。

许是我的错觉，当时将军似乎有些不悦，良久不发一言，一直蜷身低头，坐在那里一动不动，过了好一阵子，才懒洋洋

① 僧官之一，总裁一山寺务。——译者注

地抬起头，问了一个出人意料的问题：

“喜欢学问吗？”

“喜欢，”太夫人代为回答，“最近看起来很乖。”

“也许勉强了，”将军又低下头去，似自言自语一般轻声说道，“但那是唯一的生存之道。”

太夫人伸长纤细的脖子，迅速四下环视。我等当然不解她为何突然四顾，恐怕其本人亦是一时心血来潮，同样不知何故吧。剃度出家后专心研学或诵经，是身为禅师唯一的生存之道，将军对此表示关心，再理所当然不过。我们当时觉得将军说这种话不足为怪，但后来眼见将军和禅师之间发生了那等惨事，我才觉得，那天将军若无其事的教诲，简直犹如神谕。

同年。十月大。十三日，辛卯，鸭社氏人菊大夫长明入道，依雅经朝臣之举，此间下向，奉谒将军家及度度云云，而今日当幕下将军御忌日，参彼法华堂念诵读经之间，怀旧之泪频相催，注一首和歌于堂柱：草木皆靡秋霜消，徒余山风扫空苔。

同年。十一月大。廿日，戊辰，将军家贞观政要谈议，今日被终其篇，去七月四日被始之。

同年。十二月大。十日，戊午，和汉之间，有武将名誉之分就有御寻，仲章朝臣注出之令献览，今日，善信、广元等于御前读申，又被寻仰御不审，再三御问答之后，颇及御感云云。

还有，那年秋天，当时的蹴鞠高手、同时也是京都和歌所寄人①的明日香井雅经②参议，将同为歌友的那位鸭社的长明先生带离京都草庵，共赴镰仓，并向将军推举此人以为歌伴。但在我们看来，雅经大人的这一主意并不成功。长明法名莲胤，听闻他将于当日拜访将军府，我们都很紧张，将军也从一大早就已迫不及待。鸭长明毕竟是在京都也屈指可数的著名歌人，就连上皇也对其宠爱有加，尽管官职不高，仅是中宫叙爵从五位下，但他在四十七岁时，就已同摄政左大臣良经、内大臣通雅、从三位定家卿这三位大人一道被选为和歌所寄人，沐浴破格荣光，后来出家隐居大原，更将庵址迁至日野外山，建历元年来镰仓时，已然年近六旬，虽说是彻彻底底的隐者，早已弃离尘世，但他隐名亦显，有若干歌作收录于《新古今和歌集》，是当代极负盛名的风流人物，便在镰仓的僻野荒村也广为人知。

① “寄人”是“和歌所”这一机构的职员，负责和歌的选定。——译者注

② 飞鸟井雅经（1170—1221），镰仓时代的公卿、歌人，姓藤原，号明日香，《新古今和歌集》的撰者之一。——译者注

那一日，长明先生随雅经参议来到府上请安，将军马上命人备置酒宴，但长明在席间只顾发愣，连将军敬酒，他也只接过酒杯拿到唇边点了一点便又放下，依旧怔怔地左右张望。我们原本料定，这等名士必然目光锐利，人品上佳，态度端正，谁知竟是个土里土气的乡巴佬，生得又胖又矮，一张红脸好似猴屁股，塌鼻秃头，豁牙漏齿，态度轻浮，一无是处，想不通这种人怎会得到上皇的恩宠。然而将军当时显得既紧张又郑重，几如面对老师一般谦恭拘谨，结结巴巴地对长明说道：

“那，说说京都的事情吧。”

我们愈发感到诧异。

“啥？”长明竖起耳朵，“啊，最近我什么事都不晓得。”然后歪着头继续发愣。

但将军以其一贯的悠然之姿，仿佛洞察万事，又似一无所觉，微微一笑，继续问道：

“弃世隐者是何心态？”

“啥？”长明依旧竖起耳朵，然后垂下头去，口中用力地嘟囔了几句，随即猛然抬头，直言不讳，“恕我冒昧。鱼之心，不居水底不能解；鸟之心，不栖巢中亦不知。闲居之心亦然，若不放下一切，在方丈庵中起居，就不能理解。个中妙谛，无论我怎么说，您都不会明白。”

将军一点也不介意，“放下一切，”他微笑着点了点头，“您做到了吗？”

“所以说，”长明这回没再竖起耳朵问“啥？”，而是立刻回道，“放下物欲，倒是容易，求名之心，却难舍弃。正如《瑜伽论》所言，‘出世名声即譬如以血洗血’，这种名誉心比贪财心更加丑恶奇怪，不堪忍受。您方才发贤明之问，莲胤便直陈平日感怀，想我莲胤，虽说避世隐居，但这名誉之欲，终究未能尽弃；虽说姿态近似圣人，内心却仍浊乱不堪；虽说住在山中，却无一夜不生思恋某人之心。这是贫贱之报的自寻烦恼吗？抑或是作祟妄心的狂乱至极？我曾这般自问，内心却无答案，唯念佛方能救我。”话虽如此，他脸上却无丝毫动摇，毫无滞涩地说完，又继续发愣。

“遁世动机呢？”将军轻声问道，态度落落大方。

“是我与亲族间的纷争。”

当时，长明那张布满皱纹的红脸膛上似乎浮现出了诡异的笑容，也许只是我的错觉吧。

“怎样的和歌才算得上佳作呢？”将军细声细气，又问起别的事来。

“我现在只喜欢不夸张的。和歌这东西，只要悦耳，能直接引起共鸣便足矣，不该有任何高高在上、装腔作势的意味。”长明望着另一边，仿佛在自言自语，然后似乎想起了什么，点了点头，说出了一番出人意料的话，“此前得雅经参议垂教，拜读了将军的数十首和歌，正是莲胤朝夕渴求之佳作，令我眼前犹如曙光初现，又受雅经大人之邀，便忘却年老体衰，乘兴出了日野外山的草庵，抛头露面，千里迢迢来到东国，此言非虚，还有一点，我担心您这样秀拔的歌人，身边恐怕竟没有一个敢于直言的歌伴，长此以往，珍珠也将黯淡无光，老朽虽是多管闲事，但此心委实急不可耐，这才不顾丑态抛头露面。”

“幼稚的也不少吧？”

“不，都是格式清新爽朗、音律天然美妙、令人眼前一亮之作，但恕我这无赖隐者斗胆直言，请别再作伪了。”

“作伪指什么？”

“模仿。例如情歌等。恕我冒昧，您还不懂何谓真正的恋爱，别去模仿京都。正因您是举世罕见的奇才，我才深感惋惜，哪怕豁出性命也忍不住进言相劝。雁之恋、云之恋，还有衣之恋，这些题材现下已成了京都的笑话。倘若强行模仿那种洒落的手法，只求形似，就真成了东国乡俚的——不，这句话请当我没说。东国自当有东国风情，请依东国风情作歌便是。‘初结髻时浓紫带，惯看至今色未薄。’看了这类和歌，莲胤不禁怀疑，真是那位天才将军所作吗？因您身边没有歌伴，不，纵有许多，也没人能如我莲胤——”

长明话未说完，将军已起身笑道：

“够了。你若连那深重的欲望也能抛弃就好了。”

说完，将军便回内院去了。我也跟着来到内院，只听女眷们异口同声谴责长明态度粗鲁，但将军十分平静，只若无其事地说了一句：

“不是个隐士。”

翌日，雅经参议略显惶恐地拜访将军府，将军愉快地接见了他。种种欢谈过后，将军甚至让雅经大人代为传话，说自己还有很多事想问长明先生，让他不要客气，直接来府即可。然而，长明似乎心有顾虑，后来虽然来过两三次，但每次都只略作寒暄便匆匆离去，将军也并未强行挽留。

“是个没信仰的人。”将军也曾这般嘀咕道。

总之在我们看来，长明先生似乎还有强烈的野心，很难相信他来镰仓只是为了给将军当歌伴，但那等伟人的心境，我们是怎么也理解不了的。在十月十三日，即故右大将的忌日当天，长明先生来到法华堂祭拜、唱经，泪如雨下，并在堂内柱子上写下“草木皆靡秋霜消，徒余山风扫空苔”这一首和歌，之后没过多久，他便离开东国回了京都，但他那番刻意之举，犹如俗话所说的卖弄风骚，显然是在暗示将军，令我等颇感不快。在那位极其乖僻的老人看来，将军的心灵似乎过于幼稚天真，这大概便是他对将军不甚满意的原因吧。总觉得那是一个非常任性、莫名其妙的人，但过了两三个月，那人就写出了《方丈记》这一天下名文，一时声名远播，甚至传到了镰仓。真是个不可小觑的隐者，明明风态那般浅薄，惹人生厌，究竟在哪里隐藏着那么巨大的力量呢。据我猜测，他与将军的会面，很可能擦出了我等无法想象的某种珍贵的火花，促使他产生了创作《方丈记》的念头。说不定，就连那位老人也被天衣无缝的将军看穿了弱点要害，气不过了，才洗笔写出那篇名文。这种想法或有偏袒护短之嫌，贻笑大方，但我们就是忍不住作此猜测。不管怎么说，长明先生以年近六旬的高龄，从京都的草庵特意来到东国的镰仓，必然下了很大的决心，我们也能察觉到，他似乎认为在这尘世之中，只有一人是他想见的，这人已是他唯一的指望，所以才来见将军，但他并未在镰仓久留，而是在故右大将的灵堂上流泪一番，便早早地回了京都，随即著出一代名作《方丈记》，四年后就去世了。这当中恐隐有微妙内情，唯同道高人方能理解，不懂雅趣的我等只能做些庸俗的议论，还是到此为止吧。

关于鸭长明其人，竟不知不觉说了这么久，但那个瘦小寒碜、呆头呆脑的老人，给我们留下了奇特而鲜明的印象，成了终生难忘的记忆，而且——这也许是我的愚蠢的错觉——似乎不只我们如此，就连将军，在遇见那位老人之后，也有了一点点变化，只有一点点。那种不知该称为名人还是奇人的人，其罪孽深重的体臭竟是如此强烈，似乎拥有一种可怕的力量。从那以后，将军就不怎么创作情歌了，写其他和歌也很少还像以前那样逸兴湍飞挥洒自如，有时只在纸上写了上半句就搁笔沉思，甚至把纸撕碎丢弃，这一举动在他是从未有过的，所以每逢此时，我们在一旁都不禁心生寒意，手里捏一把汗。不过，将军纵然撕毁歌作，也从不面现厉色，而是一如既往地微露皓齿笑道：

"最近弄懂和歌了。"

说完，他又心不在焉地陷入沉思。从这时起，将军似乎在学问上越来越勤奋，曾召集问注所善信大人、大官令、武州大人、修理亮[①]及其他一众家臣，一起阅读各种和汉古籍并积极讨论，其人格似乎更添了一种忧郁的坚强，使得府内众人皆深感

---

① 修理职的次官，品阶相当于从五位下。——译者注

敬仰，视其为不亚于故右大将的一代将军。

建历二年壬申。二月大。三日，庚辰，晴，辰刻，将军家并尼御台所，二所御进发，相州、武州、修理亮以下扈从云云。八日，乙酉，将军家以下自二所御归着。十九日，丙申，京都大番，懈缓国国事，就被寻闻召之后，今日有其沙汰，于向后者，一个月无故令不参者，三个月可勤加之由，被仰诸国守护人等，义盛、义村、盛时奉行之。廿八日，乙巳，相模国相模河桥数间朽损，可被加修理之由，义村申之，如相州、广元朝臣、善信有群议，去建久九年，重成法师新造之，遂供养之日，为结缘之故将军家渡御，及还路有御落马，不经几程薨给毕，重成法师又逢殃，旁非吉事，今更强虽不有再兴，何事之有哉之趣，一同之旨，申御前之处，仰云，故将军薨御者，执武家权柄二十年，令极官位给后御事也，重成法师者，依己之不义蒙天谴欤，全非桥建立之过，此上一切不可称不吉，有彼桥，为二所御参诣要路，无民庶往反之烦，其利非一，不颠倒以前，早可加修复之旨被仰出云云。

同年。五月小。七日，辛酉，相模次郎朝时主，依女事蒙御气色，严阏又义绝之间，下向骏河国富士郡，彼倾公者，去年自京都下向，佐渡守亲康女也，为御台所官女，而朝时耽好色，虽通艳书，依不许容，去夜及深更，潜到彼局诱出之故也云云。

次年建历二年二月，我首次陪同将军前往二所[①]参拜。那是自承元元年正月以来时隔五年的参拜，而当年将军十六岁，我则尚未入府奉公，所以这一次才是我首次陪参。从这年起，将军几乎每年都去二所参拜，在建保二年的正月和九月还参拜了两次，其敬神之心，甚至胜过故右大将。故右大将也信仰笃深，将敬神崇佛置于政纲首位，在举兵不久的寿永元年，便怂恿重臣家将向伊势大庙供奉神马砂金，还亲自携夫人至伊势别宫——镰仓的甘绳神社参拜，据说他还自幼诵读观音经和法华经作为日课，关于其信仰之笃，可谓事迹众多。而将军自袭职以来，也向以伊势内外宫为首的鹤岳、二所、三岛、日光及其他众多神社供奉了神马，参拜也不曾懈怠，对伊势大神的嫡系——京都皇室的忠诚之念也坚如磐石，毫不动摇。关于此事，容后再禀。

---

① 镰仓幕府将军每年正月例行参拜的两座神社，分别是伊豆国伊豆山神社和相模国箱根神社。——译者注

同年二月，将军参拜二所归来不久，便听闻护卫京都的诸国武士近日玩忽职守，不禁大为惶恐，遂严厉告诫诸国守护，要求今后渎职一个月者须额外奉公三个月以作补偿。当时将军已二十有一，其言行举止渐渐显露出一种庄严的贵气，可谓压迫感十足。同月二十八日，将军也做出了非常漂亮的裁决：在前往二所参拜途中，他发现相模川桥多处残损，我们过桥时也觉得危险极了。当时将军吩咐身边的人，称这给很多人造成了麻烦，最好尽快修理。三浦兵卫尉当天便同相州大人、前大膳大夫入道大人、善信大人协商，但迟迟未能统一意见，经过数个时辰方才达成共识，决定暂缓修理，至于理由，则颇为儿戏，原来那座桥据说十分不祥，是由稻毛的三郎重成新造的，桥建成时，故右大将于祭拜途中渡过此桥，那是在建久九年十二月，祭拜结束后，故右大将于归途中落马，此后即卧床不起，终于次年正治元年正月去世，享年五十三岁，此事众所周知。出于这一缘故，导致流言四起，认为建桥人重成没过多久便与牧之方[①]等人阴谋逆反，而且死得很不光彩，总之很不吉利，因此众人以桥上有怨灵作祟为由，经过商议一致决定暂缓修理，而在将军面前表态时，将军并未露出平日里的温柔微笑，而是以严肃得足以迫使众人不得不正襟危坐的态度说道：“此议差矣。故

① 镰仓幕府初代执权北条时政的继室，曾劝说时政废黜将军实朝，最终失败。——译者注

将军薨去，是在已执掌武家权柄二十年位极人臣之后的事，即所谓天寿，不然还能是什么，难道是因那座桥而遭遇奇怪灾厄才死的吗？我不这么认为，况且重成法师的事不值一谈，他犯下那么愚蠢的罪孽，遭殃自然是受了天罚，而非建桥之祸，以后不可轻言不吉，修好此桥，大大有益于往来旅人，无论何事都要心系广大庶民，不可丧失恤民之心，须尽快着手修理此桥。”将军以前所未有的严厉语气明确下令，一干重臣尽皆失色，悄无声息地退下了，唯独相州大人在离去之际，微笑着吐了吐舌头。在我看来，他此举绝不是在侮蔑将军，而是自觉输了有些害臊，我也受其感染，不由得跟着微笑起来。尽管大家对相州大人的评价都是“坏心眼”，但他也有这样开朗率直的一面。不知为何，相州大人自故右大臣幼时起就一直对他偏袒有加，莫非是俗话说的“小算盘打得响”吗？总之无论何事，一旦涉及千幡殿下，他就格外上心，为保千幡殿下承袭将军之职，他和父亲时政公合力斗垮了政敌比企氏。得其相助，千幡殿下于建仁三年顺利获御旨亲封征夷大将军，据说“实朝”之名也是朝廷当时所赐。随后不久，时政公受牧之方挑唆，欲谋害年幼的将军，相州大人迅速察觉其异图，这次甚至不惜与父母争斗，把将军迎入自己的宅邸，与众随从严密护卫，逼迫继母牧之方自尽，劝说生父时政公出家，好不容易才把年幼的将军救离灾厄，立下奇功，此后相州大人仍明里暗里倾注全力培养将军，自己任执权代为摄政。他似乎一直期待将军有朝一日能超过故右大将，朝夕不懈为其服务。但后来不知怎的，他似乎有点变了。一来，便是将军那无与伦比的天赋风格或已超出他的掌握。纵然此种想法浅鄙愚蠢，但那恐怕正是日后种种不幸的根由。自建历二年始，将军逐渐表现出愈发森严宏大的风格，在相模川桥事件中，令所有重臣尽失颜色。不光政务如此，他在和歌的创作上也进步极大，接连写出几近神品的杰作。同年三月九日，将军携太夫人、大夫人、相州大人、武州大人、前大膳大夫入道大人、鹤岳别当及我等近侍，来到三浦三崎的府邸，乘船游玩一日。当时将军所作和歌，几乎已非人力能及，委实太过美好，心地善良的大夫人等读过两三遍后，已然泪流满面。

睹浪迫荒矶而作

海波迫荒矶，崩碎裂散去。

此等神品，无须解释。

再说说大夫人吧。之前也提过，她是京都名家坊门信清之女，乃皇族姻亲，于元久元年以豆蔻之龄嫁给了将军。据说那年十月十四日，从关东一流名门特别选出了二十名容仪华美、血气方刚的青年武士，前往京都迎接新娘，其中的正使左马介政范刚到京都就因病故去，畠山六郎重保则与客栈主人平贺右卫门朝雅因蝇头小事大吵大斗，这也成了畠山一族灭亡的远因。好在骚乱虽有，总算未出大错。十二月十日，一众青年武士担任警卫，守护公主回返关东。当时那支队伍的华美，至今仍为人津津乐道。离开京都的十二月十日那天，碧空晴朗，万里无云，上皇派人在法胜寺西面的巷子里搭建了一座楼台，他亲自登高为迎亲队伍送行。走在队伍最前头的，是关东一流名门的九名青年武士，锦绣华衣光彩夺目，个个皆是首屈一指的美男子；接着是两名骑士，然后是两名杂役，然后是六名头戴虫笠[①]的女官，然后是公主的花轿，然后是十六名力士，然后是仲国、秀康二位大人，均作武士打扮，然后是忠清少将的十名私兵，然后又是关东名门的十名美男子，后面跟着六顶女官轿子，衣饰器物莫非金银锦绣，日光映照灿然生辉，观者无不如痴如醉。但也有人坚称，新娘花轿里传出了幽幽啜泣之声，按理不该如此，但新娘毕竟年仅十三，即将远赴陌生东国，心中定然忐忑万分，将军岂会毫无明察，想必也好言温抚过了。至我入府奉公时，大夫人已年满十七，早已熟悉东国水土方言，观其神色，

① 古代日本女性外出旅行时戴的一种斗笠，周围悬挂薄布垂下遮身。——译者注

似对京都毫无留恋，而且故右大臣在世时，她一次也不曾回去京都，完全成了镰仓人。在右大臣死后第二天，她便由庄严房律师行勇戒师操刀剃发，几乎比任何一个家臣的出家都要更早。大夫人生得秀丽娴雅，仿佛弱不禁风，但毕竟出身尊贵，不同寻常，我等平日里也看得出，她始终怀着无愧于征夷大将军实朝公正室这一身份的凛然自负和决心。大夫人性情如此可人，连性格强硬的太夫人也对其疼爱有加，去哪儿都带着她，婆媳关系简直比亲母女还更融洽。而将军对大夫人的关爱也不逊色。承元四年六月，大夫人的陪嫁女官丹后局从京都返回镰仓途中，在骏河国宇都山遭遇群盗，随身财宝连同大夫人生父坊门大人为女儿准备的华衣等礼物尽数失盗。将军听闻，怜惜夫人，遂吩咐幕府守护，即刻在骏河以西的各海道驿站安排更夫巡夜，今后也须加强对旅人的保护。另外，他还命人务必寻回失物。如此深情厚意，想必也教大夫人暗暗流泪。大妇二人经常一起参拜社寺，还有赏花、赏月、游船等活动，将军也总是叫上大夫人，尤其是有和歌会或画赛时，大夫人更是不可或缺之人，甚至被视为教授将军京风精髓的温柔导师。

这对琴瑟相谐、生活美满的伉俪，唯一的失意便是终身无子。但在我们看来，这样一对各方面都如此优秀卓绝的夫妇，自是得了上天眷顾，所以独独没有孩子也很正常，不足为奇，却偏有那喜爱刨根究底的好事之徒，妄行粗鄙无礼之揣测，口出秽语污言，这种人的嘴巴居然没烂掉，倒真是不可思议。我敢明言，故右大臣确曾于花前月下饮酒作乐，但他一生从未调戏过内院女官。鸭长明先生也说过，将军唯独不擅情歌，他在和歌开端写下“有人偷偷求爱”之类的注释，但那简直如同镜花水月，按长明先生的说法，便是作伪。仔细想来，长明先生的眼力当真可怕，他毫不犹豫地断言将军不懂恋爱，或许只是拜读过将军的和歌——这所谓心灵的镜子，就彻底看透了将军那过于淡泊的性情。长期以来，或许有那么三两个女官，的确受到一点偏爱，但街谈巷议的那种卑鄙之事，则一次也不曾发生，绝非事实。首先，将军那么洁身自好，他对待府内众人，若是酩酊大醉以至失态者，尚可一笑置之，但犯下好色过错者，则总是严惩不贷。建历二年五月也是如此。执权相州大人的次子朝时，是一个肤色白皙、体态丰腴的美男子，但他不像其兄修理亮泰时那么聪明，什么事都做不好。他平时似乎就很好色，我虽不很清楚，但也可以说，他对大夫人身边的一位前一年刚从京都过来的出身名门、知书达理的美丽女官心生爱慕，个中微妙，我等粗人自然不懂。总之他似乎在情书上下了不少功夫——抱歉，这说来实在荒唐——那些情书也写得极其蹩脚，向来毫无效果，于是他破罐破摔，懒得再做表面的风流功夫，夤夜潜入那位女官的寝室，强行将人掳走，而掳人的手法竟也极其拙劣，引起极大骚乱，很快就被侍卫捉拿了。他很不走运，但毕竟是显赫一时的执权相州大人的次子，而且非要说他有罪，那也不过是个笑话罢了，并非天怒人怨的大罪孽。大家都说关他一天就能释放，可是到了第二天，将军听闻此事始末后，未经众议就下令将其逐出镰仓。

“连侍奉者的紧张心情也不体恤，她可是别离了父母同胞入府奉公来的。”将军把脸转向一侧，凝视着中庭树木的绿叶，静静地说道。

与父母兄弟姐妹分别，独身一人入府奉公者，从早到晚都是紧张不安的，竟还有人不加体恤，色欲熏心，将军严厉地责罚了这种蠢人，我们这才领会到其思虑之深熟。相州大人当时也在，但他不愧为贤明之士，似乎深知将军所言在理，便放弃抵抗，毫不留恋地禀告将军即刻废嫡，朝时期望落空，只好一路痛哭流落去了骏河国富士郡的穷乡僻壤。通过这一个近似笑话的小小例证，便可以明明白白地知晓，摒弃好色之念的将军是如何慎重公正地对待府内奉公的女官、童仆的。我要重申，那些无礼至极、卑鄙下贱、惹人生厌的街谈巷议，实无一丝一毫是事实。

同年。六月大。廿二日，丙申，于御持佛堂，被行圣德太子圣灵会，庄严房以下，请僧七人云云。廿四日，戊戌，将军家入御和田左卫门尉义盛家，御储甚叮咛也，以和汉将军影十二铺，为御引物云云。

同年。七月小。九日，癸卯，贺茂河堤事，虽为难仪，勅定之上者，早可除彼所所之由，被仰出。

同年。八月大。十八日，辛卯，伊贺前司朝光、和田左卫门尉义盛，可候北面三间所之由，今日武州被传仰，彼所者，撰近习壮士等令结番祗候云云，而件两人，虽为宿老，为被闻召古物语，所被加之也。十九日，壬辰，可禁断鹰狩事，被仰守护地头等，但于信浓国诹访大明神御贽鹰者，被免之由云云。

同年。九月小。二日，乙巳，晴，筑后前司赖时，去夜自京都下向，进定家朝臣消息并和歌文书等。

同年。十月大。廿日，壬辰，午刻，鹤岳上宫宝前羽蚁飞散，不知几千万。廿二日，甲午，下遣奉行人等于关东御分国国，于其国，可成败民庶愁诉之由，有其沙汰，为被止参诉之烦也。

同年。十一月大。八日，庚戌，于御所，有绘合之仪，以男女老若，相分左右，被决其胜负，此事，自八月上旬有沙汰之间，面面结构尤甚，或自京都寻之，或态令图风情，广元朝臣献览绘者，图小野小町一期盛衰事，朝光分绘者，吾朝四大师传也，数卷之中，此两部频及御自爱，仍左方胜讫云云。十四日，丙辰，去八日绘合事，负方献所课，又召进游女等，是皆摸儿童之形，评文水干付红叶菊花等，着之，各尽郢律曲，此上堪艺若少之类及延年云云。

同年。十二月大。廿一日，癸巳，阴，京都使者，持参去十日除目闻书，将军家叙从二位给。廿八日，庚子，晴，戌刻，镰仓中聊骚动，道路无其故鼓骚，是非岁末之急剧，有发谋叛辈欤之由，有其疑云云。

将军具有如此不为人知的严肃苦心，连女官、童仆也关照得无微不至，对幕府重臣和家臣的重视更是非比寻常，人人受惠于其深厚恩典，对年轻的将军深感敬服，犹如原野上的丛丛茅草应风披靡，此诚可谓比山更高比海更深的恩德使然，其势力之强盛，似乎还要胜过其父右大将。那年将军二十一岁，次年二十二岁，我总觉得，那或许正是将军一生中最为得意的时期。

以下猜测非常失礼，实在难以启齿，但从那以后，若说他变得阴暗了，倒是言过其实，毕竟将军府内仍会响起快活的笑声，酒宴、赏花、歌会等活动也不曾间断，但总觉得有一种诡异而可怕的气息，尽管没有实体，却仿佛形成了讨厌的灰影，在府内府外徘徊不去，令人时常无端端地不寒而栗。那凝重的不祥阴影一年浓过一年，从建保五六年起，到那悲伤的承久元年，难以名状的不安阴影笼罩了整个镰仓，甚至令人感到刺鼻的恶臭，府内众人虽不能言之于口，私下里都会互相点头示意，认为必将发生惊天动地的大祸，人心也不再融洽，无缘无故就彼此疏远、疑惧，与建历二年的繁华时势根本不可同日而语。建历二年其时，人心尚且和睦，上层喜欢什么，下层就学习什么，和歌亦然，起初东国武士的硬骨颇令人发怵，相州大人等曾委婉提醒，于是到了那年，以入道大人为首，相州大人之弟武州时房大人、长子泰时及三浦的义村、结城的三郎朝光、和田的朝盛、内藤知亲、东重胤等诸多猛将武者，居然效仿歌人作态，像煞有介事地琢磨起短歌来，扭动着晒红的粗脖子在廊下走来走去，那副模样令人失笑。还有许多家臣出于私心，以为只要会作和歌，纵然犯下大过也能得到赦免，便开始学习短歌，使得将军府的歌会越来越盛大。同时，这一年还举办了规模很大的画赛，那群猛将歌人也混在内院女官、近侍当中参加了比赛，不料竟爆出大冷门，武者朝光的画作反而最为出众夺得胜利。数日之后，画赛失利者于将军府设酒宴款待胜者，并召来艺伎，载歌载舞，欢呼雀跃，连陪在末座的我们也被迫表演了节目，那场面真可谓骀荡如春。不过，将军绝非一直这样吃喝玩乐，他裁决政务也越来越熟练，而且，关于其尊崇的厩户皇子的治迹，当时他似乎研究得更深入透彻了，心醉神迷之下，几乎为之倾倒。那年六月二十二日，在佛堂也隆重地举行了皇子的圣灵会。我觉得，将军如此醉心于厩户皇子，应该还有许多别的理由。而他所以能一片丹心向皇室，并非出于谁人教导，而是依从了所谓自然本能，因此每逢有事发生，都能越来越明显地看出他对上皇的绝对敬服。那年他也遵从朝廷指示，着手修筑京都的贺茂川堤。但在七月，围绕幕府对赋役的分配起了纠纷，当时朝廷制订了新的分配方案，这回换作以幕府为重的相州大人等来将军府诉苦，称如此分配将使幕府陷入莫大困境，眼看将要再起纠纷之时，将军一语破之，或可谓鹤鸣一声，百鸟哑音。

“圣意超越是非。”

众人立时鸦雀无声。将军威仪凛然训谕众人，此乃天意，无论遇到什么困难，都须速速遵从圣旨行事。由此可见，他绝没有被和歌管弦彻底夺去心神。在我们看来，说到心灵之诚、眼界之宽、立意之高、气度之大，将军果然要比相州大人等高出数十筹。他在享受画赛、酒宴之余，还能做出如此严格的裁决，而且其本人虽喜好风雅，却并不一味强迫家臣附庸风雅，也从不独宠善作和歌之人，疏远不谙歌画的天生粗人。例如和田左卫门尉义盛，这位老人担任武士所别当这一要职，对将军忠心耿耿。但他正是镰仓第一大老粗，让他作歌便闷不吭声，要他画画则万难从命，闻管弦丝竹使他厌烦透顶，听杜鹃啼鸣令其愁眉苦脸，但将军却对其青睐有加。自将军之父右大将举兵以来的至诚勇士，而今仅有义盛、朝光幸存，算来不足五指之数，尤其在元久二年，将军十四岁时，忠诚廉直的畠山父子因时政公的奸计而无辜获罪，悲壮牺牲。从那以后，将军便愈发看重这些残存老臣，对大老粗义盛大人也多方关照，从不在他面前多谈论和歌，专打听故右大将创设幕府的艰苦，以及义盛经历的十几场战役。义盛大人则摇晃着苍苍白头，讷讷诉说当时情形，作为堂堂宿老，退下前往往都会先露上一脸。自建历二年起，将军对这位老忠臣的眷顾似乎与日俱增，甚至在六月二十四日特意去其府上游玩，这在和田氏一门可谓无上光荣。而且将军深谙世故，以老勇士最喜爱的一众和汉猛将的肖像画相赠，义盛大人当日的喜悦可想而知，将军府众人也对这位老人足以绵延后世的荣光表示祝贺和羡慕。不止于此，八月十八日，将军还叫这位义盛大人及另一位他同样看重的老勇士——结城的朝光大人，一起到北三间所即将军身边随时伺候。三间所乃我们这些年轻近侍中的极少几人才有资格轮流伺候之所在，是所谓内府重地，恕我直言，这可不是粗俗邋遢的糟老头子该待的地方，但将军说他想随时听些老故事，便特别安排他们在三间所伺候，老人的荣光莫过于此，将军那温柔周到的关照，连我等无关之人也几乎热泪盈眶。义盛大人虽年事已高，本应鼓勇奋起、粉身碎骨、效忠尽勤，将余荣传给后代子孙，但遗憾的是，在恩宠最盛的第二年，他那一族便在那场大动乱中全灭了。建历二年这一年，虽说府内太平，但还是弥漫着一股不祥的阴森之气。四月将军府房屋的圆柱上开出小白花来，十月鹤岳上宫遭到成千上万的大群羽蚁的袭击，年末整个镰仓的道路发出异响。不是没有那悲观之人，暗自担心恐将发生可怕的天灾地变，不料竟应在了义盛大人身上。

建历三年癸酉。正月小。十六日，戊午，天晴，将军家二所御精进始也。廿二日，甲子，天晴，二所御进发，相州、武州等供奉给。廿六日，戊辰，晴，将军家自二所御归着云云。

同年。二月大。一日，壬申，于幕府有和歌御会，题梅花契万春，武州、修理亮、伊贺次郎兵卫尉、和田新兵卫尉等参入，女房相交，披讲之后，有御连歌云云。二日，癸酉，昵近祗候人中，撰艺能之辈被结番之，号之学问所番，各当番日者，不去御学问所令参候，面面随时御要，又悟和汉古事可语申之由云云。十五日，丙戌，天霁，千叶介成胤，生虏法师一人，进相州，是叛逆之辈中使也，相州即被上启此子细。十六日，丁亥，天晴，依安念法师白状，谋叛辈于所所被生虏之，凡张本百三十余人，伴类及二百人云云，此事被寻滥觞者，信浓国住人泉小次郎亲平，去去年以后企谋逆，相语上件辈，以故左卫门督殿若君为大将军，欲奉度相州云云。

同年。三月大。二日，癸卯，天晴，今度叛逆张本泉小次郎亲平，隐居于建桥之由，依有其闻，遣工藤十郎被召处，亲平无左右企合战，杀戮工藤并郎从数辈，则逐电之间，为遮彼前途，镰仓中骚动，然而，遂以不知其行方云云。六日，丁未，天霁，弹正大弼仲章朝臣使者，自京都到来，去月廿七日闲院迁幸，今夜即被行造营赏，将军叙正二位给，仍送进其除书。八日，己酉，天霁，镰仓中兵起之由，风闻于诸国之间，远近御家人群参，不知几千万，和田左卫门尉义盛日来在上总国伊北庄，依此事驰参，今日参上御所，有御对面，以其次，且考累日劳功，且愁子息义直、义重等勘发事，仍今更有御感，不及被经沙汰，募父数度之勋功，被除彼两息之罪名，义盛施老后之眉目退出云云。

接着是建历三年，是年十二月六日改元为建保，但这一年仍然事件频发，从正月一日便开始地震，感觉很不吉利，果不其然，阴谋、兵乱、将军府大火、大地震、落雷等相继发生，整个镰仓接连爆发骚乱，可谓天翻地覆。单说将军一人，他遭遇的困苦、心痛之事也不在少数。但与此同时，也有人认为那几年是最有奔头的时代，近于神品的秀拔和歌，也在这一年陆续涌现，而那一本千古不灭、令人怀念的珍贵歌集，即日后被称为《镰仓右大臣家集》或《金槐和歌集》的著名歌集，似乎也是在这一年的岁暮，由将军本人秘密编撰而成的，至于《镰仓右大臣家集》《金槐和歌集》等名称，当然是在将军去世后才附加的。顺带一提，“金槐”的“金”是取了“镰仓”的“镰”的偏旁，“槐”则如您所知，代指大臣，所以“金槐”就是指镰仓右大臣。那本令我们一回忆便觉悲伤，但也是如今唯一可供缅怀纪念将军的歌集，是他在年仅二十二岁时完成的，我想这大概最能证明将军果非常人。那年正月，将军照例去参拜二所，我等随行陪同。出发不久，风雨大作，队伍难以行进，将军则毫不在意，戏作了一首和歌，逗得随从们哈哈大笑。

山人行走长山路，谁被春雨打湿衣。[①]

每年的二所参拜，皆出于将军笃深的敬神之心，对于很少外出远行的将军而言，一路游山玩水，或可算是散心解闷的唯一途径。先去参拜了箱根神社，谨致祈愿之诚，然后向伊豆山神社进发。从那前一天起，便一直是好天气，万里无云，碧空澄澈，连日皆是暖阳天，实现了无可挑剔的愉快之旅。从箱根出发，很快便行近山垭，回头看去，碧波湛湛的箱根湖就在眼下，嵌于树木之间，显得小巧可爱。

箱根湖水若有心，跨二国间自摇荡。

这首和歌也是将军当时所作，描写无可挑剔，可谓神来之笔。想必您也知晓，二国大约是指相模国和伊豆国。在这两国的交界处，箱根湖碧波荡漾，轻易便可动人心弦，而将军则能通过和歌，将其姿态原原本本地呈现出来，虽说他向来如此，

① 仿舍人皇子之作。——译者注

但我们每次都难免感到不可思议。将军的歌作，首首如此，绝无任何隐喻、影射之类的低俗手段，皆意在其文，文尽其意，明明白白，而这也是世间难寻的能力。换句话说，和歌的唯一妙诀，不也只在于姿态端正吗？即令愚蠢如我，平日里偶尔也会这般思量，——啊，僭越了，不继续说了，免得平白遭当世的和歌名家们呵斥，岂不无趣。总之，这首箱根湖之歌，在某些人看来暗含隐意，意指将军假托箱根湖，表达了他夹在京都与镰仓、朝廷与幕府之间摇摆不定的心境，还有人行浅鄙无礼之揣测，提愚不可及之质疑，认为将军是在大夫人和某个年轻女子之间摇摆不定。但在我们看来，根本别无他意，只好不顾自己无知浅学，忍不住要做些本无必要的解释：我们那年在陪同将军参拜二所途中回头望见的箱根湖，诚如那首和歌所描述的，碧波荡漾，宛若有心生灵，令一行人无一例外地久久难以回神，迟迟不能动身，这就是所有人当时唯一的感受，被将军用和歌巧妙地表达了出来。

几度回望箱根湖，翻过垭口，登临山顶，前方视野大开。

出箱根山观之，浪涌处有小岛，问随从“知此海名否”，闻随从答“名曰伊豆海”。

我越箱根路，乍现伊豆海，海上有小岛，能见白波涌。

所谓神品，不外如是。连那位无礼妄称“东国自当有东国风情”的鸭长明先生，见此名歌也必然俯首低头无言以对。顺带一提，同年三月，弹正大弼仲章大人的使者自京都来报，上个月闲院禁宫竣工，于二十七日在京都皇宫授营造赏，将军官叙正二位。去年岁暮，他刚被提拔为从二位，如今又重浴上恩，已是无上荣光，诚惶诚恐感激不尽，没想到随除书[①]还有一封上皇的亲笔信，勉励他“益尽忠君之诚”，当晚将军面朝前院伫立良久，直至深更仍未就寝，朝着西面京都方向的天空遥拜，频频落泪。

“百千霹雳一时落，不能如斯撼人心。”将军面色苍白，低声吟道。

当晚，他恭谨而慎重地作了三首和歌：

太上天皇御书下预时歌

谨奉大君勅，此心诚惶恐，纵有千千意，可该与

① 任命官员的文件。——译者注

人言。

朝日腾升地，藐姑射之山，我既在东国，自入神山阴。

纵至山裂海枯日，不对大君抱二心。

斗胆解释一下，“藐姑射之山”与“仙洞”同义，即敬称太上天皇。关于这几首歌作，也有人做了毫无必要的不敬探究，想知道当时太上天皇的亲笔信究竟是何内容，以及将军因之做出了何种决定，但如此费力追查根本没有必要，一切不都在歌中表现得明明白白了嘛！将军获赐上皇亲笔御书，心灵受到强烈震撼，百雷齐落亦不能及，遂作和歌表达对大君绝对恭顺的纯粹心意，以此作为坦诚的回复。因此御书内容不难推断，自然是勉励将军要对朝廷益发效忠尽勤。之前我也多次说过，将军的和歌总是坦诚得近乎直白，从不使用那种暧昧的表达方式——就像俗话说的后槽牙塞了东西。甚至有人做过一番研究，推测二人当时很可能达成了某项密约。然而果然如此，则将军理应见机行事，秘密回信，为何偏要光明磊落地写和歌呢？还传给身边人看，这种做法简直愚不可及。事实上，哪有什么复杂的理由，忠于大君的一片丹心，不需要理由，将军只是一心感泣于大君鸿恩，完全出于披肝沥胆、效忠尽勤、纯洁无垢的赤诚之心，才创作了那些和歌，我们相信将军绝无二意，否则写不出如此高洁清澄的歌作。将军当时年仅二十二岁，但在这一年年底，就已亲自编撰了那本日后被称为《镰仓右大臣家集》或《金槐和歌集》的属于自己的和歌集。当时，他把这三首和歌作为压轴之作，放在歌集最后的关键之处，迅速呈献给了太上天皇。根据我们日常所见，将军绝对天生不凡，耀眼夺目，这等人物却因太上天皇的一封亲笔信，受到了比百雷齐落更为强烈的震撼，因之惶恐感泣，其威德之高，非我等蝼蚁之辈所能妄揣，而日本国竟有幸诞生这样一位巍然灿然、高耸凌云的至尊人物，其难能可贵之处，使人不禁热泪盈眶。只不过，已为幕府大事奔忙操劳的相州大人，若能学一学将军，对皇室抱有感服之心，渴望沐浴一点浩大皇恩，想必也不至于发生后来的种种惨事。在这方面，他与将军根本不同，尽管他是一位兼具胆魄与手腕的大政治家，实力超群，却只考虑自己一家的利害得失，不懂得高洁献身的可贵，所以逐渐被人厌憎，最终甚至主动暴露了卑鄙的本性。

是年二月，信浓国居民泉小次郎亲平因憎恨相州大人，暗中谋逆欲灭亡之，但事机不密提前败露，在整个镰仓引起了巨大的动荡。泉小次郎亲平此人，拥立前将军左金吾禅室的三子千寿殿下为大将军，阴谋策划欲歼灭当时正得势的北条一族。据说他自建历元年就已开始秘密招募同志，对将军虽无直接反意，却对将军身旁弄权的相州大人十分憎恨。而且似乎有不少家臣也不亚于泉亲平，本就对相州大人无甚好感，于是志同道合者立刻便多了起来，形成一大势力。二月十五日，千叶介成胤大人抓获了一个名叫安念坊的行止可疑的法师，交与相州大人，这便是大阴谋显露的开端。据说那法师是类似谋逆游说使的身份，因此遭到了严刑逼问，最后终于供认，其同志一百三十余人、党羽二百人悉数被捕，经相州大人判决，当即被处以斩刑或遭发配流放，独独罪魁祸首泉小次郎亲平逃之夭夭，下落不明，表现得相当机敏，被视为一大豪杰。将军闻知这一异变，似乎并未感到惊讶，举止依旧沉稳如常，只是很仔细地询问了泉亲平的家世，也不见他对反徒们如何愤怒。反徒中有一人名叫园田七郎成朝。此人被捕后被临时关在北条三郎时纲大人的宅中，却设法逃了出来，找到他认识的一位名叫敬音的僧人。敬音劝成朝出家，成朝却放言“开什么玩笑，我今后还要东山再起出人头地呢”，喝罢了酒，留下一句“有缘再会”，便不知去向了。过了两三天，敬音受到传唤，逐一交代，后来将军听了放声大笑，赞其为人令人钦佩，命人尽快找到逃犯并饶恕敬音。之后还有同为囚犯的涩河刑部六郎兼守，在被判斩刑的前一天，向荏柄的圣庙进献了十首和歌，又有好事者携那些和歌来到将军府，将军看了，随意吩咐道：“和歌写得很不错，这人也饶过他吧。”一切都按这种方式处理，关于此次异变，他似乎没有任何感觉。面对身旁一脸苦涩的相州大人，将军毫无顾忌，诚可谓天衣无缝，其肚量之大，令我等只能赞叹不可思议。

此外，在这场阴谋之中，和田大人之子——四郎义直、五郎义重也牵连甚深，各自成了戴罪之身。其父和田左卫门尉义盛，据说当时正在上总国伊北庄逗留，听闻镰仓起兵的风声，便姑且赶来镰仓，得知两个儿子被捕大吃一惊，马上赶到将军府请求拜谒将军，将军欣然应允，二人很快就见了面。当时，和田左卫门尉猛然拜倒在地，额上的皱纹间浸满汗水，一时间似乎说不出话来，但没过多久，他便用他那讷讷的语调，十分唐突地一一列举了自己从故右大将举兵以来立下的十几项军功，边想边说断断续续，啰里啰唆没完没了，将军终于忍不住笑道：

“我知道了，本也没打算为难你儿子。”

“无上荣光。您对义盛这把老骨头还——”话未说完，他再也忍不住了，不顾一切放声痛哭，而在旁人看来，这一主一臣之间的情谊，可谓美好至极。

同年。三月大。九日，庚戌，晴，义盛今日又参御所，引率一族九十八人列座南庭，是可被厚免囚人胤长之由依申请也，广元朝臣为申次，而彼胤长为今度张本，殊回计略之旨闻食之间，不能御许容，即自行亲、忠家等之手，被召渡山城判官行村方，重可加禁遏之由，相州被传御旨，此间面缚胤长身，渡一族座前，行村令请取之，义盛之逆心职而由之云云。十七日，戊午，阴，和田平太胤长被配流陆奥国岩濑郡云云。廿一日，壬戌，和田平太胤长女子，悲父远向之余，此间病恼，颇少其恃，而新兵卫尉朝盛，其闻甚相似胤长，仍称父归来之由访到，少生聊抬头一瞬见之，遂闭眼云云，同夜火葬，母则遂素怀，西谷和泉阿阇梨为戒师云云。廿五日，丙寅，和田平太胤长屋地在荏柄前，依为御所东邻，昵近之士面面频望申之，而今日左卫门尉义盛属女房五条局愁申云，彼地适有宿直祗候之便，可令拜领之欤云云，忽令达之，殊成喜悦之思云云。

同年。四月小。二日，癸酉，相州被拜领胤长荏柄前屋地，则分给于行亲、忠家之间，追出前给人，和田左卫门尉义盛、代官久野谷弥次郎各所卜居也，义盛虽含鬱陶，论胜劣，已如虎鼠，仍再不能申子细云云，先日相率一类，参诉胤长事之时，敢无恩许沙汰，剩面缚其身，渡一族之眼前，被下判官，称失列参之眉目，自彼日悉止出仕讫，其后义盛给件屋地，聊欲慰怨念之处，不问事被替，逆心弥不止而起云云。

总体来说，相州大人很招人恨。右大臣去世后，我等百余人出家，次年爆发承久之乱，北条氏犯下丧心病狂、大逆不道之罪，居然暴虐愚蠢如斯，称之为乱臣逆贼亦不足以形容，实为日本头号大糊涂虫。相州大人此前虽无显著恶行，但仍令人望而生畏，口碑不佳，起初我也说过，他不乏直爽、诙谐的一面，并不像别人说的那样阴险，但不知怎的，他似乎从骨子里散发出一种非常卑鄙的臭味，连童稚的我等也感到毛骨悚然，只要他一进来，屋里仿佛瞬间就变得阴暗下来，一股败兴的气息弥漫散开，令人很不舒服，简直受不了。人们常说源家之人阴暗，实则并非如此，而是这位相模守义时大人独力散布阴暗之故，甚至连其父时政公与之相比，也称得上纯真无邪、大胆开朗。那股浓重的阴暗气息究竟从何而来不得而知，一定是他欠缺为人最重要的某样德行，其天生的残疾之心，在那场承久之乱中暴露无遗，而在此之前，他尚无大逆之举，我们未能识破其叵测居心，也许唯独将军有所察觉吧。我们当时只是厌恶他，避之唯恐不及，这也正是大半镰仓人的心态，即便是微不足道的小事，一旦由他去做，也会令人很不舒服，这种感觉难以形容，在他可能也是一种不幸。以前还没这么严重，自从将军长大成人，政务裁决也能出色独断之后，他就明显变得卑鄙阴沉了，此前则无一丝失态。从故右大将那时起，他就一直认真侍奉主公，故老相传。故右大将壮年时，曾因一位嬖姬而与大夫人政子发生争执，大夫人吩咐牧之方的父亲牧三郎宗亲，将那名姬妾的寓所接连拆毁。姬妾惊慌之下，逃到一个名叫大多和义久之人的家中。当时右大将自身难保，对此并未作声，没过多久，他便借口办事，若无其事地去义久家看望姬妾，并立刻召来牧宗亲，痛斥他为何做出那般粗暴之举，简直浑蛋，然后猛然揪住宗亲的发髻，挥刀将对方剃成了光头。大夫人收到消息，愈发怒不可遏，哭啼不止，连牧之方也一同叫嚷，大夫人之父时政公也想同情女儿，却又畏惧右大将，闭口无言，带领族众不告而别，回北条乡下去了。当时右大将对梶原景季说："只因区区妇女之事，就带一族回乡反省，时政此举太过夸张，但其族人之中，唯独江马[①]不会做出这等蠢事，必定未随其父离去，尚一个人留在家中，你去看看。"江马是时政公的嫡

① 江马小四郎，北条义时的通称。——译者注

子，也就是后来的相州大人，据说他自幼便格外认真，从不得意忘形。梶原景季立刻前去查看，不久便笑嘻嘻地回来禀道："如您所言，义时独自留了下来。"右大将也很高兴，马上召见了年轻的义时，道："汝系吾当相托子孙者。"多亏义时态度端正，那场风波很快就平息了。

还有元久二年，时政公受牧之方挑唆，与重成法师等人密谋，欲诬陷当时的名门畠山一族谋逆，以图诛戮之。当时相州大人岿然不动，神色平静，对其父大泼冷水道："停手吧，他们并非逆臣。"父亲和牧之方越是激动兴奋，他就越是冷静，毫不客气地大进逆耳之言："畠山父子都是难得的忠臣，并非逆臣，你们别做蠢事，何必如此佯怒闹事，太丢人了。"最后牧之方哭诉道："再怎么说，就算我是继母，你也不必如此欺负我吧，继母就那么可恨吗？不，看来是可恨的，不然怎会事事都让我一个人当坏人，你到底想折磨我到什么地步才肯罢休，就不能偶尔孝顺孝顺我吗？"年轻的相州大人闻言，起身苦笑道："好吧，下不为例。"随后便参与了对畠山一族的讨伐。换成普通人，就算说了下不为例，一旦对方得寸进尺，即使再不情愿，往往也只会嘟囔几句抱怨一下，大多睁一只眼闭一只眼。但这种事绝不会发生在相州大人身上，其性格中没有丝毫优柔寡断，处事认真、正确得可怕，他只要说了下不为例，就当真不许再犯，绝非开玩笑。证据就是，后来没过多久，当时政公再度受牧之方挑唆，策划无法无天的阴谋欲暗害将军时，相州大人从一开始就把生父和继母当成敌人而战，毫不留情地将二人的意图彻底粉碎，把父亲逐出镰仓，逼继母自尽殒命。当初相州大人独自留家，不动声色地断言畠山一族并非逆臣，惹得继母哭诉，才起身警告下不为例。后来面对父母又一次的残暴阴谋，他明确反对，誓佑将军，其行为非但没有一点错误，更似乎是十分高尚忠诚的正义之举。但也不知怎的，总觉得其中藏有令人很不舒服的阴影，按理讲正义不该如此，其行为似乎与真正的正义无异，却又有截然不同之处，总之说不清道不明，教人毛骨悚然。

当时，镰仓各地谴责北条家霸道蛮横的呼声日益高涨，这是事实，但真要说北条家的何人擅用了怎样的专权，则实在说不清楚。比如太夫人，眼见将军已然长大成人，一切政务都能独立妥善裁决，自己再无必要一一置喙，便全心照料起故二品禅室的遗孤，或参与北条族人间的交际，或带大夫人参拜鹤岳宫，或陪将军乘船游玩，半点也看不出哪里专横；相州大人也一心为公，从早到晚忙于幕府的大事小情，秉持其一贯的“正义”。兢兢业业，几乎从不违抗将军之意，似乎根本没闲心也没野心同家族谋划什么；还有其长子修理亮泰时，品性高俊，颇受将军青睐，建历三年二月，将军召集才艺出众的优秀近侍创立学问所，泰时甚至被选为首席，仿佛一人便吸引了将军府内的所有目光；也不会是次子朝时专横吧，别说专横了，他因好色犯错，嫡次子的身份已经被废，大可撇开不提；至于相州大人之弟武州时房大人，为人性情温厚，甘居兄长之下别无二心。结果不清不楚，找不出谁人怎样专横，如何大出风头。虽说相州大人作为执权高居幕府首座令人不满，但他也不可能专横，毕竟最先支援故右大将的就是北条家，和田左卫门尉义盛等人，常以举兵以来的军功自傲，但当初一眼就看出伊豆流人赖朝公乃非凡人物。对其与自家长女的交往表面愤怒暗中容许，不畏正当鼎盛的平家威势，敢于藏匿赖朝公，将不足百人的一族亲随悉数献出，于伊豆一隅毅然举起源家大旗者的，不是别人，正是相州大人之父时政公。当时的北条氏，没什么大势力，哪怕再如何看好故将军，时政公的决定也不可谓不鲁莽。

治承四年，以仁王[①]下诏讨伐平家，令时政公鼓勇百倍，欲于战前将伊豆目代[②]平兼隆血祭，据说年纪轻轻却老于世故的故将军，在出发前特设一室，将北条氏一族亲随逐一唤入，告知对方“惟汝可怙”，众人皆以为自己独得赖朝公信任，士气大振。但区区八十五骑终究底气不足，马是毛长体弱的驽马，甲

① 后白河天皇的第三皇子，因平家压迫未能成为亲王。——译者注

② “目代”是平安、镰仓时代国守的代官，代国守赴任地执理事务。——译者注

也褪了色，有的还少了半边袖子，马靴被虫子啃掉了毛，无论哪样武装都难以令人满意，其中还有用来蒙面的，军势可谓糟糕。但时政公乾坤一掷的气魄惊人，没有战术，什么也没有，只是朝目的地前进再前进，众人蜂拥闯入目代的宅邸，聚集一处，高举兼隆首级，兴奋地齐声大叫“好兆头”，这才称得上真正的举兵。而和田左卫门尉等人，后来接见了时政公派去的使者，与三浦一族一同为之助威，据说畠山一族当时尚奉平家为主，甚至跟三浦和田的军队打了一仗，最初以区区八十五骑毅然举兵。这等大无畏的壮举，完全是由北条家一族完成的。这些似乎都确有其事，后来直到故将军创设幕府，其间北条家一族的贡献想必无人不知。

此外，正如时政公一眼就看好故右大将一样，其嫡子义时也很有魄力，先前便说过，为保千幡殿下袭将军职，他与比企氏战斗并打倒对手，后来又不惜与生父争斗，保护将军安全，之后又明里暗里关照有加。对将军而言，他可谓第一功臣。而上一代的时政公是故右大将的第一功臣。父子两代相继为各自的将军尽心尽力，自然不求成为外戚，相州大人担任执权乃理所应当之事，不足为奇。但不知为何，谴责北条氏专横的不平之声竟不绝于耳，不拘将军府内或是街头巷尾。这一切，恐怕都要归咎于相州大人那古怪的正义，使人心生阴暗的疑虑和憎恶。他越是做正确的事，就越会散发出令人不快的恶臭，此等品性委实不可思议。那年三月，相州大人也做出了极其自然的处置，但就连我们这些不相干的人，也觉得他手段残酷，十分可恨，终于激怒了和田一族，引发大乱，致使整个镰仓变成了修罗场。泉小次郎亲平的那场异变，残局已经收拾妥当，和田左卫门尉义盛大人的两个儿子也幸运地获得赦免。

本以为这件事就此告一段落了，却不料在三月九日，也就是义盛大人收到两个儿子获得宥免的消息并为之感泣涕零的第二天，其侄子和田平太胤长又因参与了这次的阴谋而被捕获罪，义盛大人只好再次来访恳求赦免。我当时正在内院伺候，未能见到那一幕，据说义盛大人身穿华丽的木兰色水干[①]和葛袴，率一族九十八人，在南庭坐成一排，苦苦恳求释放胤长。眼见气氛严肃，入道大人变了颜色，连忙入内禀报。这位入道大人于建保五年出家，法名觉阿，但早在入道之前，他就是个秃头，看上去就像出家人，我觉得与其称呼大官令、大膳大夫或陆奥守，不如叫他入道大人最为合适。另外顺带一提，相州大人后来也当过右京权大夫，还兼任陆奥守，所以有些场合不得不叫他右京兆大人或奥州大人，但我觉得，还是称呼相州大人最为自然。嗯，不必太过在意这些琐碎细节，我若继续称呼入道大

① 水干在镰仓时代是一种神官服，用水洗后不上浆便晾干的布料制成。——译者注

人、相州大人，还请不要苛责，忽略即可。当时，将军静静地听取了入道大人气喘吁吁的紧急禀报，低着头似乎陷入思考，过了片刻，他突然抬起头，仿佛有话要说，就在这时，一旁的相州大人不动声色地说道：

“您是想饶了他吗？”

这一句话不带丝毫邪念，仿佛只是随口说来，但不知为何，连陪居末座的我们，竟也几乎吓了一跳，从中感受到了无限深意，将军似乎也因这句话而立刻改了主意，轻轻摇了摇头。“总之，”入道大人看出将军似乎决心已定，不禁松了口气，揉了揉脸，然后皱起眉头，显得一本正经，“那个和田平太胤长，是此次阴谋的罪魁祸首之一，很难像义直、义重等同党一样赦免，但其一族九十八人居然坐成一排请愿，实在令人惊讶，我想至少应该从中说和才是，但和田氏昨日方才得到儿子的宥免，今日又来替身为主谋的侄子求情，未免有点太自私了，但毕竟事关这位顽固的老人，他们静坐一动不动，恳求将军无论如何务必同意，唉，总之，这件事……”这位入道大人，性格非常谨慎，任何事都绝不强出头，说话总是拐弯抹角态度暧昧，听得人一头雾水，只有周围大多数人都决定了，他才会随声附和，好像已经深思熟虑似的，这是他一向的习惯，其态度实在令人恼火。但自故右大将创设幕府以来，他从不招人怨恨，也没出过大错，始终保有镰仓第一大政治家这一荣誉。之所以如此，这样的习惯和态度或许亦是原因之一。正如此刻，他的话仍说得不清不楚，教人丝毫不得要领。入道大人每遇大事，总是这种态度，当时将军已决定不予宽恕，而他不愿充当那个通知和田氏一族裁决结果的角色，因此絮絮叨叨地说些废话，定是在期待有人来承担这个吃力不讨好的任务。入道大人向来如此，相州大人自然会意，神色郑重而语气轻松地说道：

“那就我来通知吧，”说毕正要起身，突然若有所思，又重新面朝将军，“为免今后再生类似事端，我可否说得严厉一点？”

将军那天显得有些疲惫，只默默地点了点头。总之，入道大人照例完美地避开了招人记恨的角色，由相州大人毫不在意地承担起来，虽说向来如此，但相州大人当时丝毫未见不悦之色，在我们看来简直不可思议。相州大人是如何通知的，我身在内院未能亲见，据说其口吻格外严厉，这在相州大人是很正常的，他大约认为那样的处置才是“正义”，然而，只要是相州大人做的事，都似乎饱含深意。那一日，和田氏一族的九十八人终究被激怒了，据说日后的镰仓大乱即源于此。相州大人面对坐在南庭的一众族人，只若无其事地说了一句话：

“申请之事，不能容许。”

义盛大人摆出威仪正欲上前分辩，相州大人已朝心腹行亲、忠家二人使了个眼色，将囚犯胤长从隔壁房间带了出来，以义盛大人为首的一众族人正觉疑惑之际，相州大人已命那二人将胤长反剪双臂捆绑起来。一族九十八人被这突如其来的场面惊得说不出话来，一时间只能呆呆坐视。相州大人唤来判官行村，叮嘱他要益发严加警戒，然后便移交囚犯，迅速离去了。如此处置叛逆主谋也许没错，但似乎没必要故意在和田氏那样的名门望族面前，将胤长反剪双臂捆绑起来交给判官，连我等不相干的人听了，都觉得很不舒服，以义盛大人为首的一众族人该是何等激愤，便可想而知了。

和田平太胤长在当月十七日被发配至陆奥国岩濑郡，此事还造成了另一桩惨事：胤长有个六岁的女儿，与父亲久别悲痛难抑，因思念过度而病倒了，当月二十一日即陷入危笃。尽管如此，她仍强忍痛苦，上气不接下气地呼唤父亲。一众族人实在看不下去，决定让族人新兵卫尉朝盛假扮胤长，盖因此人长得跟胤长略有几分相像，又心地善良，还受将军看重，以他的性格，似乎本不该生在武家，总之他欣然应允，坐在弥留之际的女孩枕畔，含泪道：“别担心，你看，父亲平安回来了。”据说那女孩轻声惊呼，微抬起头幽幽一笑，随后便咽了气，而她那年仅二十七岁的母亲也当场落发出家。听闻此事，将军府内众人无不深感同情，并暗恨相州大人过分。和田左卫门尉义盛，因九日一族请愿的意外结果，失了长老的面子，从那天起便郁郁蛰居，不再去将军府供职，而此时偏不凑巧，又发生了一起与相州大人几至水火不容的激烈冲突，形势险恶且愈演愈烈，终致争端已然不可避免。原来，和田平太胤长的宅邸位于荏柄圣庙的正对面，随胤长流放而被没收。那块地离将军府很近，去府上伺候十分方便，引得人人暗中觊觎。义盛大人通过五条局私下里向将军提出请求，希望得到那座宅子，作为他最后一个愿望。当时，五条局话未说完，将军就不耐烦地接连点了两三下头，当即办理手续批准，然后便心不在焉地若有所思，良久垂首默然不语。我自入府奉公以来，还是头一次见到将军那般有气无力的模样，仿佛对任何事都失去了兴趣，那才真是贱民所谓的愁眉苦脸呢。后来过了四五天，相州大人脸上带着古怪的冷笑来到府上请安，对将军说道：

“我方才听人说，您将囚犯胤长的宅邸——”

他话未说完，将军便低着头道：

“给了和田。”

相州大人换上一副严肃的面孔：“此事万万不可，还请收回尊意，不然将开相当恶劣之先河，叛臣领地岂能予其同族之人。”他的语气空前强烈，突然歪头想了想，然后连忙又悄声道：“不可，唯独此事万万不可。”

“和田好像很高兴。”将军依然语气虚怯。

“我能理解您的心意，但这么一来，今后还会发生同样的事。我不想喋喋不休，请您狠下心来。”

“此事我不觉得有多重要。”

“至关重要。如何处置反徒，事关幕府安危。胤长的宅邸暂时交给我吧，一旦给了别人，又会平白遭和田一族记恨，不如我来当这个角色，将军与此事无关。我这样说并非出于私情，而是为了幕府的千年安泰。我不想喋喋不休。”

将军低着头一言不发。

胤长的宅邸，又从义盛大人手中收回，暂时交给了相州大人。相州大人的一众家仆将本已迁居该宅的和田一族赶了出来，义盛大人悲愤涕泣，不想活了。至于先前再三请求举任上总国司一事，将军私下里传出话来要他稍作等待，他自然谨候佳音。谁知等了一年、两年、三年，始终全无音信，便彻底死了心。前年年底，他让四郎兵卫尉请大官令从中斡旋，想要回那份陈情书，大官令则回复称，将军本已打算为其妥善安排，如今却又擅自请求归还请愿书，不禁怒声斥他任性，想来就是从那时起，义盛大人的所作所为踏上了另一条路。先前一族九十八人，在将军府南庭遭受了前所未闻的奇耻大辱，他忍了又忍，只希望至少能得到胤长的宅邸，结果立刻便获得批准，不禁心怀感激，以为多少挽回了些许颜面。不料抚胸安心之际，却偏又节外生枝。关于其出人意料之举，众说纷纭，后人风传，原因在于他认为幕府里盘踞着相州和大膳大夫这两个奸臣，将军素志再如何公正，有这二奸侍奉左右，我等家臣便心下难安，如履薄冰。相州之专横自不待言，便是那大膳大夫，也不得不对相州及上任执权时政公的种种恶行予以协助，而且他使世人诽谤专针对那父子俩，自己则以一副大善人的面目示人，一心图谋家族隆盛，如此柔佞多智的大奸人，较之相州亦不逊色，天下为家臣者，常暗暗合计此二贼当诛。如今，我族年轻儿郎的切齿扼腕之情已不容克制，我这把老骨头也必须奋起一番，誓为幕府除奸。就这样，他下定了悲壮、倔强、可怕的决心。

同年。同月。七日，戊寅，于幕府聚女房等有御酒宴，于时山内左卫门尉、筑后四郎兵卫尉等徘徊屏中门之砌，将军家自帘中御览，召两人于御前之缘给杯酒之间，被仰云，二人共殒命在近欤，一人者可为御敌，一人者可候御所者也云云，各有怖畏之气，怀中钟早出云云。廿日，辛卯，于南京十五大寺，供养众僧，可有非人施行之由，将军家年来御素愿也，今日被仰京畿内御家人等云云。廿七日，戊寅，霁，宫内兵卫尉公氏为将军家御使，向和田左卫门尉宅，是义盛有用意事之由依闻食，被寻仰其实否之故也，晚景，又以刑部丞忠季为御使，被遣义盛之许，可奉度世之由有其闻，殊所惊思食也，先止蜂起，退可奉待恩裁也云云。廿九日，庚辰，霁，相模次郎朝时主，自骏河国参上，将军家御气色并严格义绝，笼居彼国之处，御用心之间，以飞脚被召之云云。

同年。五月小。二日，壬寅，阴，筑后左卫门尉朝重，在义盛之近邻，而义盛馆军兵竞集，见其妆闻其音，备戎服发使者，告事之由于前大膳大夫，于时件朝臣宾客在座，杯酒方酣，亭主闻之，独起坐奔参御所，次三浦平六左卫门尉义村，同弟九郎右卫门尉胤义等，始者与义盛成一诺，可警固北门之由，乍书同心起请文，后者令改变之，兄弟各相议云，早翻先非，可告申彼内议之趣，及后悔，则参入相州御亭，申义盛已出军之由，于时相州有围棋会，虽闻此事，敢以无惊动之气，心静加目算之后起坐，改折乌帽子于立乌帽子，装束水干参幕府给，于御所敢无警卫之备，然而依两客之告，尼御台所并御台所等，去营中出北御门，渡御鹤岳别当坊云云，申刻，和田左卫门尉义盛率伴党，忽袭将军幕下，相分百五十军势于三手，先围幕府南门并相州御第、西北两门，相州虽被候幕府，留守壮士等有义势，各切夹板，以其隙为矢石之路攻战，义兵多以伤死，次广元朝臣亭酒客在座，未去砌，义盛大军竞到进门前，虽不知其名字，已发矢攻战，酉刻，贼徒遂围幕府四面，靡旗飞箭，朝夷名三郎义秀败惣门，乱入南庭，攻击所笼之御家人等，剩放火于御所，郭内室屋不残一宇烧亡，依之将军家入御于右大将军家法华堂，可遁火灾御之故也，相州、大官令被候御共，凡义盛匪啻摄大威，其士率一以当千，天地震怒相战，今日暮及终夜，见星未已，匠作全不怖畏彼武勇，且弃身命，且劝健士，调御之间，临晓更，义盛渐兵尽箭穷，策疲马遁退于前滨边。三日，癸卯，小雨洒，义盛绝粮道，疲乘马之处，寅刻，横山马允时兼引率波多野三郎、横山五郎以下数十人之亲昵从类等，驰来于腰越浦之处，既合战最中也，仍其党类皆弃蓑笠于彼所，积而成山云云，然后加义盛阵，义盛待时兼之合力，当新羁之马彼是军兵三千骑，尚追奔御家人等，义盛重拟袭御所，然而若宫大路者匠作、武州防战给，町大路者上总三郎义氏，名越者近江守赖茂，大仓者佐佐木五郎义清、结城左卫门尉朝光等，各张阵之间，无据于拟通，仍于由比浦并若宫大路合战移时，凡自昨日至此昼，攻战不已，军士等各尽兵略云云，酉刻，和田四郎左卫门尉义直，为伊具马太郎盛重被讨取，父义盛殊叹息，年来依令钟爱义直所愿禄也，于今者，励合战无益云云，扬声悲哭，迷惑东西，遂被讨于江户左卫门尉能范所从云云，同男五郎兵卫尉义重、六郎兵卫尉义信、七郎秀盛以下张本七人共伏诛，朝夷名三郎义秀，并数率等出海滨，棹船赴安房国，其势五百骑、船六艘云云，又新左卫门尉常盛、山内先次郎左卫门尉、冈崎余一左卫门尉、横山马允、古郡左卫门尉、和田新兵卫入道，以上大将军六人，遁战场逐电云云，此辈悉败北之间，世上属无为，其后相州，以行亲、忠家被实检死骸等，构假屋于由比浦汀，取聚义盛以下首，及昏黑之间，各取松明，又相州、大官令承仰，被发飞脚，遣御书于京都。

看来已是大势所趋，无可避免。五月二日傍晚，和田左卫门尉义盛率一族郎党一百五十骑举旗造反，自故右大将创设幕府三十年来，镰仓首次爆发了大兵乱。或许有人怀疑，似和田这等高官显宦，怎会如此势单力薄，只率区区一百五十骑起兵呢？但据说，有关和田谋叛的传言，自三月胤长发配、四月荏柄宅邸骚动以来，无论在将军府内还是镰仓乡民之间，早已传得沸沸扬扬。堪称关东第一武勇的和田一族，似乎缺乏机密谋划的巧智，不仅大张旗鼓整备兵甲，并且大肆祝祷祈求胜利，而其谋反的铁证也接连被将军府使者查明，实在按捺不住，气急之下，这才勉强聚起可用之兵点燃烽火。其原本倚重的族人三浦倒戈，虽有横山马允时兼于次日早上率三千余骑如约驰援腰越浦，加入和田阵营，但当时将军已广布令旨，和田军被定为逆贼，故而此前首鼠两端袖手旁观的诸将纷纷来投北条军，最终造成了和田一族全灭的悲惨结局。在兵乱爆发约一个月前的四月七日，将军无缘无故召集一众女官，举办了一场盛大的酒宴，前所未有地频频豪饮，还和众女官随意开起玩笑，作了这样一首和歌，逗得在座众人皆面露微笑：

我家篱头瓜，缠藤好攀爬，成双成对否，不如先共寝。

将军突然望向前庭，见山内左卫门尉和筑后四郎兵卫尉正在院门口溜达护卫，便命人将那二人唤至近前，各赐酒一杯，将军笑眯眯地微微歪着头，将那二人的脸好生端详一番，然后像开玩笑似的，不动声色地说出了不祥的预言："你二人近日都将丧命，一个是敌人，一个是伙伴。"果然，一个月后，山内左卫门尉加入了和田军，筑后四郎兵卫尉则站在将军这边，分成敌我而战，双双命丧沙场。这让我不禁想起，以前厩户皇子在二十一岁时，也曾完美地预言了大臣马子的无道，甚至，我还稍稍忆及那共天壤而无穷的伊势大庙之尊贵嫡流的事迹。恕我冒昧，将军早已为厩户皇子深深倾倒，可以说到了心醉神迷的地步，虽然我等无知，但将军说过，那以"以和为贵"起首的十七条宪法，实乃万代不易的赫赫神谕，他想让海外诸国民众也都知晓。将军平日常自念叨，唯愿效仿其锦袖一端，或也因此，两人似乎有了一丝丝相通的影子，尽管这大约定是我等愚者的冒失错觉吧。将军那预言，并非随便乱猜说碰巧说中，其中必然不乏细致明鉴，洞察无遗，绝非无稽之谈。而在凡愚之人，纵然握有明明白白的根据，也会踌躇不敢预测，或生怕中途风向有变以致猜错，总之无非是瞻前顾后犹豫不决之辈。而如厩户皇子或故右大臣这等人物，则能果敢断言，而且从不失误，这与其说是明察，不如称之为灵感更恰当。虽说此二者有相通之处，但其间自然存在绝对差距，好比天壤之别，这不过全是我等愚者的天真之梦罢了。厩户皇子似乎自幼便已协助裁决政务，想必故右大臣也因而愈发仰慕皇子，二人同样崇佛之念笃深。此外，正如皇子身边有苏我马子这一佞臣，故右大臣之畔也有相州大人这一阴暗之人，不论是马子还是承久年间的相州大人，都做出了日本国有史以来唯二无三的大恶事，偏偏其政治上的手腕不容忽视，不能无故屏退。我很清楚，这一切肯定只是巧合，但哪怕仅有一丝相通的气息，我也想将之作为供花献给可怜的右大臣，这是我等无知侍从一心一意的追慕之念，还请勿予深究。说起厩户皇子的事迹，委实令人诚惶诚恐，如同仰望烈日目眩神迷，无从推测，但若只谈故右大臣，他对京都皇室那般赤胆忠心，在幕府政务上也展现出了卓绝的英才和手腕，可是对于犯下承久大恶的相州大人，为何没能早一点加以教导呢？说这话肯定是我们太贪心了，但唯独这一点实在太过遗憾。以前在政务上，不论是相州大人还是别人，只要有错，将军就会严厉驳回。然而对于和田事件，将军却显得无精打采，甚至对我等近侍说过匪夷所思之语：

“关东乃源家任地，但对北条家而言，则是代代生存之地，心情自然不同。”

还有，从那时起，将军的酒量似乎也开始猛增了。之前也说过，这一年五月的兵乱，在三年前的承元四年十一月二十一日，就已通过梦中神谕有所察知，但当时的梦仅仅预示当有战事，并不清楚是何人叛乱，主谋者又是谁。就这样过了一年、两年，直觉敏锐的将军似乎忧心忡忡，担心和田氏这个老顽固做出鲁莽的蠢事。也许并非仅仅出于这个理由，但从建保元年的前一年起，将军突然开始明显宠爱和田氏一族，尤其是对义盛，总是召来身边不离左右，急欲慰劳这个粗俗的老人。后来在建保元年二月，泉小次郎亲平的阴谋败露，和田氏的多名族人也参与其中，当时将军可能就已远见到了后事吧。从那时起，他裁决政务再也不像以前那样热情，如同儿戏一般胡乱释放谋逆囚犯，上一刻分明还笑意盈盈，下一刻就突然显得疲惫不堪，有气无力，仿佛一下子丢掉了一直紧握在手中的某样东西。当和田氏一族九十八人请愿时，以及处理胤长的宅邸时，将军都以前所未见的软弱态度任由相州大人定夺，我等愚者的下贱臆测自然失礼万分，但我们实在不能不怀疑，在此前后，将军的心境是不是发生了重大的转变呢？正如先前所言，和田阖族胜在武勇，但欠缺阴谋智略，其谋叛早在起事的两三个月前，消息便已传得沸沸扬扬，将军府内众人也早有觉悟，各自暗中整备兵甲，夜里也不安睡，警卫不懈，以异常的紧张状态迎送每一天。而将军却在四月七日莫名其妙地举办酒宴，召来负责警卫的山内左卫门尉和筑后四郎兵卫尉，说出了匪夷所思的预言，令那二人遽然变色，将拜受的酒杯揣入怀中匆匆退下。将军温和地笑着目送二人离去，继续豪饮之前，似涂鸦般在纸上随手写下了这样一首和歌：

浮沉终归成泡影，濑濑岩波总碎身。

紧接着，到了十五日，正值赏月时分，将军为此举办了和歌会，当时和田族人已很少去府上奉公，但那晚，义盛的嫡孙——和田新兵卫尉朝盛竟突然现身。将军非常高兴，况且他本就喜欢朝盛，当场便在一张纸上列出许多地头职，直接交给朝盛，甚至为他作了这样一首和歌：

兜兜转转又还乡，檐头漏月勿忘我。

朝盛感恩戴德，流泪退下，当晚便出了家，并连夜赶往京都。离开前他给父亲和祖父留下一封书信，劝他们放弃叛逆的企图，自称既不能跟随家族箭射主公，又不能留在将军府与父祖为敌，不得已只能出家。翌日，其祖父义盛见到这封留书，不禁勃然大怒，立即派人追回朝盛。后来我听人说，将军对这场骚乱似乎并未感到惊讶，出走不成的朝盛在十八日以一身缁衣的出家人打扮来将军府致歉时，将军既没有深究细情，也并未对其一反常态的出家人打扮感到稀奇，态度十分平静，仿佛早已看透一切。

怅然叹，不知如何背尘世，吉野深山亦难居。

将军把这首和歌递给朝盛，只静静地微笑。顺带一提，这位最受将军宠爱的新兵卫尉朝盛，在五月的这场兵乱之中，终究还是跟随和田一族，以一身缁衣的出家人打扮攻入了将军府。周围的气氛逐渐变得凶险起来，唯独将军泰然处之。二十日放言要施舍乞丐，说这是多年来的夙愿，二十七日又突然说最近和田好像有所图谋，事到临头才想起派使者前去义盛家中，看看他在做什么，使者回来禀告称，看来果然还是谋叛。将军面色漠然，又另派使者去劝和田放弃这无聊之举，我们在一旁看着都觉十分恼火，该说是春风骀荡吗？将军似乎做什么都不起劲，恕我直言，他就是跟喝醉了一样在发呆，往常那凛凛生威的果敢裁断，已见不到一鳞半爪。当时相州大人也不知为何，对将军怠慢政务视而不见，不，不仅如此，他似乎还竭力避免与将军碰面。就这样到了五月二日傍晚，大膳大夫、入道大人跌跌撞撞地闯进将军府，急报和田氏一族举兵之事。据说当时入道大人正在家中待客，酒兴正酣，一收到和田左卫门尉召聚兵马的消息，他便顾不得招呼客人，连衣服也没换就赶来将军府，不过片刻，相州大人也镇定自若地来到将军府禀报，原来他是通过三浦一族密报获知此事的。如您所知，三浦大人与和田大人本是同族，这次和田氏谋逆，他碍于同族情分也加盟其中，连誓文都已写好，却在举兵当日突然背叛了和田氏，偷偷去相州大人府上告密揭发。若非三浦氏一族反戈，这场战争恐怕会落得个和田氏胜利、北条氏全灭的下场。据说相州大人当时正在家里和客人下围棋，接到三浦左卫门尉的密报后，虽是千钧一发之际，却只转过头，对着以功臣自居的三浦大人轻轻点了点头，一句感谢的话也没说，又过了片刻，才静静地站起身，目光始终不离棋盘，不慌不忙地估算了胜负结果，低声嘀咕着“看来是我赢了二目”，然后向客人告了歉，这才迅速更衣，把折乌帽子换成立乌帽子，策马赶到了将军府。后来人们评价当时的相州大人，说他虽是武人，但相较于入道大人的狼狈，却表现得很不一般。不久，和田军便蜂拥而至，到日落时分，已是四面贼兵，还有人在将军府内放火，顿时浓烟滚滚，大火熊熊，向四面八方蔓延烧开。将军带着相州大人、入道大人及我等几个近侍，躲去故右大将的法华堂中避难。当时将军似乎并未喝酒，却如同醉了一般，满面红光，笑个不停，不时驻足立定，观望四方兵火，仿佛十分好奇。一想到万一此时有贼兵过来，我们就不免心惊肉跳。

就在这时，将军突然放声大笑，又哽咽着自言自语道：

“所谓将军，不过凡胎。厩户皇子可从不曾遭宠臣背叛。”

他一心惦记的，是久远的厩户皇子的治迹，一直努力盼着至少可效仿其万一，如今却遭和田氏一族背叛，仿佛清楚地发现了自己的无德，根本没资格效仿厩户皇子。或许正是出于这样的心态，他才说出那番话来，至于将军的笑容，恕我直言，与其称为凄惨，不如说是诡异，几乎教人怀疑他已经疯了，那可怕的笑容危险而美丽，令人不禁为之战栗。在此期间，将军府周围两军乱战，其中义盛三子——朝夷名三郎义秀挥舞九尺铁棒，狂暴如阿修罗降世，凶猛似镇西八郎[①]重生，所向无敌。据说相州大人的次子朝时，此前因好色之过而被迫蛰居骏河闭门不出，这次听闻镰仓风云突变，便趁乱归来，打算立下大功，好一雪污名，于是从后偷袭义秀。但他本就不是人家的对手，当场便吃了一棒，身受重伤，如此干脆落败，竟还有人大加恭维，说他毕竟只是受伤而非丧命，已经算得了不起了，这才保住了体面。

---

① 平安后期著名猛将源为朝的通称。——译者注

和田军不止义秀武勇过人，那一百五十骑个个都是一骑当千的勇士。据说起初兵分三路，一路去相州府，一路去广元府，分别诛杀奸贼相州和广元，最后一路则直入将军府拥护将军，明大义名分之所存，无奈相州大人和入道大人早已跑去将军府，因此只能三军合力攻打将军府。而将军府一方，由匠作[①]泰时任大将，叱咤鞭策一族随从，他自己也舍命防战，终夜相斗，及至破晓，势单力薄的和田军终于疲惫不堪，暂时撤军到了海边。从那时起，小雨就淅淅沥沥下个不停，这真是一场可怕而又可悲的战役。到了翌日，即三日的寅刻，和田一方终于等来援军，横山马允时兼率三千余骑赶到腰越浦，将军府一方顿时心生怯意，形势急转直下。当此千钧一发之际，由于智者相州大人早已向各地方发布将军檄文，此前诸国军队不知哪一方才是贼军，因而按兵不动，这时终于一齐发兵来支援将军府，由此似乎大势已定。而在法华堂中，相州大人请将军为檄文盖印，将军将那篇檄文粗粗一阅，登时放声大笑，圆睁双眼问相州大人：

“这是谁做的文章？”

当时我们也在一旁看到了那篇檄文，文章写得很糟糕，前后矛盾，但也因此，竟流露出一种粗俗的狡猾来，令将军开怀大笑倒也正常。那文章我至今仍依稀记得，大略如下：

---

① 修理职的长官，即修理大夫。——译者注

在近边者，见此檄文，当率众来援，和田左卫门、土屋兵卫、横山一众，谋逆造反，催促尔等，无别事也，敌军已散，可速来讨伐。

五月三日　巳刻

大膳大夫

相模守

“战事当前，此等文章正合适。将军您不懂战者之心。”

相州大人脸上却全无笑意，以前从不曾露出愤怒模样的他，独独此时铁青着脸大声叫喊。果然，武人一旦投入战斗，就会变得凶猛狂暴，威风凛凛，与平常截然两样。

将军也显得很不高兴，一言不发，迅速盖下了印章，后来才一个人喃喃自语：

“看来相州还不想死。”

发生在将军和相州大人之间的类似争论，前所未有，此后也无，仅那一次。所谓二人经常冲突不断之类的像煞有介事的传闻，本就毫无根据。将军的豁达和无与伦比的气度自不必说，相州大人也是当时出类拔萃的大政治家，这样的两个人绝不会发生明显的冲突。之前也说过，一直以来，他俩都能迅速看透对方的心思，瞬间达成一致，然后笑着分开，但唯独此时，相州大人也许是战斗而致激愤的缘故，有点不够冷静，他当时已经迈过五十岁的坡坎，又正处在事关北条家存亡的大战之中，有此表现不足为怪，但对于有生以来甚至连亲生父母的大声呵斥也没挨过的年轻将军来说，那恐怕是一次难以忘怀的经历，就连候在昏暗灵堂一隅的十七岁的我，也感到胸口憋闷得慌。

同年。同月。四日，甲辰，小雨降，古郡左卫门尉兄弟者，于甲斐国坂东山波加利之东竞石乡二木自杀矣，和田新左卫门尉常盛并横山右马允时兼等，于坂东山偿原别所自杀云云，时兼者，横山权守时广嫡男也，伯母者为义盛妻，妹者又嫁常盛，故今与同此谋叛云云，件两人之首今日到来，凡所枭于固濑河边之首二百三十四也云云，辰刻，将军家自法华堂入御于东御所，其后于西御门，两日合战之间被疵军士等被召聚之，被加实检，山城判官行村为奉行，行亲、忠家相副之，被疵之者凡九百八十八人也。五日，乙巳，天霁，义盛、时兼以下谋叛之辈所领美作、淡路等国守护职，横山庄以下为宗之所所，先以收公之，可被充勋功之赏云云，相州、大官令被申沙汰之，次侍别当事，以义盛之阙被仰相州云云。六日，丙午，天霁，申刻，将军家入御于前大膳大夫广元朝臣之亭，是依去二日御所烧失也，御台所又自南御堂入御其所，尼御台所渡御本所。九日，己酉，天晴，为广元朝臣奉行，被送御教书于在京御家人之中，相州、大官令连署，又被载御判云云，是在京武士不可参向，而于关东者，令静谧毕，早可守护院御所，又谋叛之辈回西海之由有其闻，可致用意之由也，宗被仰佐佐木左卫门尉广纲云云，又和田平太胤长，于配所陆奥国岩濑郡镜沼南边被诛。

至五月三日酉刻，和田四郎左卫门尉义直战死，其父义盛素来疼爱此子，惊闻噩耗险些坠马，不顾众人当面，浑身颤抖号啕大哭，口中嘀咕着“他死了，全完了，仗也不用打了”，似婴儿哭闹一般泣涕涟涟，在战场上茫然徘徊，终被江户左卫门尉能范的随从杀死。和田氏一族随之或死或逃，致使镰仓天地震怒的和田之战，至此终于尘埃落定。当晚在由比浦岸边盖起临时小房，于涛声之中，在数百支火把的映照下，查验义盛等人的首级，将军不愿参与，和我等近侍在佛堂内饮酒，但那晚他一直低着头若有所思，无心玩笑。

且看阿鼻地狱中，烈焰熊熊满虚空，身死别无他处去，言之亦觉生无常。

如斯苟活无常世，该当言忧或言哀。

世间神与佛，莫不出人心。

这三首和歌也作于当晚。梅雨绵绵，不知有哪里来的尸臭飘进堂内便是二十多年后的今天，我仍会清晰地梦见那晚冷清的法华堂。翌日，即四日，将军从法华堂搬到在大火中得以幸免的太夫人之府，很快便在西门拉布幔帐。将军设座，召集伤兵，检阅慰劳，负伤将士九百八十八人陆续聚集，那位相模次郎朝时也由其兄匠作泰时背负而来，他似乎被朝夷名三郎义秀的大铁棒伤得不轻，高声呻吟不止，大叫“不服！不服！”一张脸扭曲得尤为夸张，甚至教人觉得他是在假装痛苦。庭院里到处响起失笑声，但将军始终不改肃穆神态，逐一重重地对众将士颔首致意，随即问起在这场战役中立下卓越功勋之人，众将士异口同声回答，在敌方是朝夷名三郎，在己方是匠作泰时，将军立刻召其至近前，美言褒奖，匠作大人腼腆笑道："所谓勋功，纯属意外，此番大战，泰时所为委实不堪。其实我在本月初日晚上喝了大酒，次日宿醉未醒，听闻和田氏举兵，我还似梦非梦，几乎是摸索着穿上甲胄骑上战马，却不辨东西，心里坚定发誓，酗酒误事必须戒酒，就这样尚在迷糊之中遭遇敌兵，战了几场，喉中干渴难耐，便吩咐士卒拿水来，谁知那家伙灵机一动，竟把酒装在竹筒里递了过来，我喝下一口就发现是酒，但出于酒鬼的贪嘴，舍不得扔掉，终于破了先前立下的戒酒之誓，一滴不剩全喝光了，然后又对自己的薄志弱行深感厌恶，于是又发誓从现在起一定戒酒，结果昨晚又借口庆祝胜利喝了一点。可见我的修行还远远不够，实在当不起赞赏。今后我会努力戒酒，这次之失还望宽宥。"

他诚惶诚恐，满头大汗，不敢居功自傲，将军和众将士似乎都为其美丽的心灵深深折服。翌日，匠作大人因其卓越勋功而获赐陆奥国远田郡，但他坚辞不受，称和田左卫门尉发动这次大战，本非对将军起了逆心，其目的只是讨伐相州，而自己身为相州之子，理当为父迎敌，况且由于自己用兵拙劣，损失了许多将军府的将士，罪该万死，身为幕臣无一勋功，不过这样一来，匠作大人的名声却变得愈发响亮，一时间到处都是夸赞他的声音。就在匠作大人公开戒酒失败之事的四日，在负伤军士聚集的席间，临阵倒戈的三浦左卫门尉义村又行卑怯之举，令有心将士深深蹙眉，甚为不喜。看来一场大战过后，这样的纠纷在所难免。波多野中务丞忠纲大人主张自己在米町和政所两度成为先锋。对此，三浦左卫门尉徐徐上前提出异议，称在米町打头阵的是谁不得而知，但在政所，一马当先之人无疑是我义村。于是，二人在将军面前展开了丑陋而激烈的争辩。后来我听人说，当时相州大人曾对忠纲大人耳语，将其带至帐后，如此告诉忠纲大人:“你该冷静下来好好想想，这次战役所以能顺利结束，多亏了三浦氏的忠义告密，既然米町的先锋已确定由你担任，不如干脆退一步守此一功，把另一处的政所之功让给三浦氏，如此方为明智之举，你意下如何？反正以后还有好事呢。”忠纲大人却冷笑道:“简直荒唐。勇士上战场，只为冲锋打头阵，武人荣誉莫过于此，忠纲既然继承了父祖代代的家业，操弓马之事，便是当十次、二十次先锋也不嫌多，我志在以武名显赫万代，你却说一个勋功就够了，教我把另一个让给三浦氏，你这样还算得上武士吗？忠纲不要什么奖赏，只求先锋这一个荣誉。”忠纲大人这番话说得理直气壮，连相州大人也无言以对，事态终于演变成了忠纲大人与义村大人在中庭对决，在场者除了负责裁断的将军及我等几个近侍，只有相州大人、入道大人和民部大夫行光大人，余者都被打发走了。忠纲大人和义村大人坐在庭中竹帘内的蒲团上，貌似耿直的义村大人率先发难：“这次和田左卫门尉义盛一攻击政所，我就冲向政所前门南侧，第一个将箭矢射入敌阵，面前不见一点飞尘。”忠纲大人早已急红了脸，结结巴巴地说道：“不不，是忠纲一个人，忠纲一个人冲在最前头，不是南侧也不是北侧，就是直直向前冲，身后跟着我儿子经朝和朝定，三浦怕是还在他们后头呢，离得太远，当然看不到一点飞尘，又或许三浦其实是个瞎子，我跟瞎子没什么好说的，请找来当时在场的士卒一问便知。”忠纲大人出言不逊，相州大人抬手制止，然后向将军递了个眼色，像是想劝将军谴责忠纲大人，但将军似乎对这场裁断毫无兴趣，时不时看向一旁，显得无精打采，对相州大人使眼色也视若无睹，满不在乎地说道：

“找士卒来。”

很快，三名士卒便战战兢兢地来到庭院一隅，其中一人上前一步禀道，冲在最前头的是一名披赤皮威铠、骑菊花青马的武者。义村大人闻言立刻拜倒在地，忠纲大人则洋洋得意地环顾四周。赤皮威是忠纲大人的铠甲，而那匹菊花青马定是“片渊”，乃相州大人所赐名马，一直被忠纲大人引以为豪，因此已然无须争论，将军兴味索然，一言不发，迅速起身离席而去。但不管怎么说，义村大人这次临阵倒戈立下大功，加之相州大人和入道大人自有计较，所以顺利获赐陆奥国名取郡。反观忠纲大人，虽有两度先锋之功，怎奈得意忘形，竟敢擅自辱骂义村这等名门重臣是瞎子，有失体统，故而未得任何奖赏。但毕竟义村大人背上了叛徒之名，还企图窃夺他人军功，其行为实在卑劣。人们自然拿他与谦逊的匠作泰时比较，结果匠作大人的名声愈发高涨，而将军府内众人对义村大人的恶评也达到了巅峰。

> 同年。六月大。廿六日，乙未，天霁，相州、武州、大官令等参会，御所新造事及群议，是去五月合战之时，依烧失也。
>
> 同年。七月小。七日，丙午，霁，今日于御所有和歌御会，相州、修理亮、东平太重胤等所候其座也。九日，戊申，阴，御所造营，重有其沙汰。廿日，己未，故和田左卫门尉义盛妻，蒙厚免之，是丰受太神宫七社祢宜度会康高女子也，依夫谋叛之科，被召放所领之上，其身又为囚人，而谓件领所者，为神宫一圆御厨之间，祢宜等依申子细，匪被返付所于本宫，剩预恩赦，是御敬神之异他之故也。廿三日，壬戌，新造御所事有其沙汰，今于御前，指图少少有被改之所所，今度可被立中门之由云云。

同年。八月小。三日，辛未，天晴，风静，今日申刻，御所上栋也，相州以下诸人群参。六日，甲戌，新造御所御障子画图风情事，先先绘不相叶御意。十七日，乙酉，京极侍从三位，付二条中将雅经朝臣，献和歌文书等于将军家，御入兴之外无他云云。十八日，丙戌，霁，子刻，将军家出御南面，于时灯消人定，悄然无音，只月色蛬思伤心计也，御歌数首，有御独吟，及丑刻，如梦而青女一人奔通前庭，频虽令问之给，遂以不名谒，而渐至门外之程，俄有光物，颇如松明光。廿日，戊子，天晴风静，将军家新御所御移徙之，御车自京都迟到之间，被用御舆，酉刻，自前大膳大夫广元朝臣第入御新御所，大须贺太郎道信牵黄牛。廿二日，庚寅，天晴，未刻，鹤岳上宫宝殿黄蝶大小群集，人奇之。

同年。九月大。廿二日，戊午，将军家令逍遥火取泽边给，是依览草花秋兴也，武藏守、修理亮、出云守、三浦左卫门尉、结城左卫门尉、内藤右马允等令供奉，皆携歌道之辈也。

同年。十月大。三日，己亥，今日以御书，有被仰于大宫大纳言殿方之事，自公家被课西国御领等临时公事也，一切不可及御沙汰之由，如广元朝臣，虽申之，仰曰，于一向停止之仪者不可然。十三日，己酉，天晴，入夜雷鸣，同时御所南庭，狐鸣及度度云云。

同年。十一月大。廿三日，己丑，天晴，京极侍从三位，献相传私本《万叶集》一部于将军家，御赏玩无他，重宝何物过之乎由，有仰云云。

同年。十二月大。三日，己亥，将军家御参寿福寺，令修佛事给，是为左卫门尉义盛以下亡卒得脱云云。七日，癸卯，可停止鹰狩之旨，被仰诸国守护人等，事度度虽有严命，放逸之辈，动有违犯之旨，依闻食及，如此云云，但于所处神社贡税事者，非制之限云云。

五月六日，将军搬进入道大人的宅邸，将此处定为临时将军府，接着大夫人也搬了过来，然而，镰仓附近的人心却怎么也不能安定，五月、六月这两个月，将军府无论内外都吵吵嚷嚷，府内众人皆不得平静，心下难安，相州大人独自从清晨忙到深夜，在将军府中到处奔走，将军则依旧心不在焉，有时一整天都待在内院看草子[①]，对政务裁决似乎也丧失了兴趣，完全委托给相州大人和入道大人，但唯独对朝廷的忠诚之心，无论何时何地都一尘不染。九日，那场战役刚刚结束，将军就吩咐入道大人给在京的家臣去书通知，称关东已归于平稳，谁也不必再赶来镰仓，更重要的是，传闻谋叛残党已遁走西方，所以务须专心护好上皇。此外，同年十月三日，幕府被京都皇室临时课税，而幕府当时刚遭兵燹灾厄，还需重建将军府，囊中羞涩，入道大人等重臣出于维护幕府的浅薄之心，认为此事简直荒唐，无论如何也不可全盘答应，万难从命，打算拒绝。将军听闻入道大人凭一己之见，正在办理手续欲酌情回复朝廷，顿时像变了个人似的，犹如一个久睡之人忽然醒来一跃而起，态度十分严厉，召来入道大人，言辞激烈地告诫道："拜受朝廷征税之令，逡巡乃大不忠，无论何时何地，都应迅速领命，今后也当如此。"据说入道大人无比慌张，重新办理了手续。将军对京都皇室的赤胆忠心，以及笃深的敬神崇佛之心，似乎贯穿其一生始终不曾改变，虽说从那时起就逐渐怠慢了政务，可一旦事关朝廷，他就如同大梦忽醒一般，事关神佛也是如此，必定主动独力裁决。

同年七月二十日，故左卫门尉义盛的夫人被没收领地，当

① 一种娱乐性的日式绘图小说。——译者注

作囚犯关押入狱，将军不仅赦免其身，而且归还领地，使义盛夫人身沐双重恩德，那当然是缘于将军素来怜悯和田氏一族，但更重要的原因在于，义盛夫人是丰受太神宫七社祢宜[1]之女，其领地也归太神宫七社经营，祢宜等人为此诉苦，称没收领地将导致整个神宫难以维系，所以将军不经商议就下令归还领地，顺便也将义盛夫人释放了。另外，将军极度厌恶鹰猎[2]这种残忍的游戏，建历二年八月以及后来，他屡屡下令禁止这种游戏，这一年十二月七日，更严令诸国守护停止鹰猎，但他重视神社的仪式，且为贡税便宜之计，认为全国神社进行鹰猎向无不妥，因此特作豁免。就这样，一旦事关京都皇室或诸国神社佛阁，将军便如大梦忽醒，其余诸事则任由相州大人和入道大人处理，自己只顾逍遥度日。将军府在五月的战役中焚毁殆尽，六月、七月、八月这三个月，将军似乎一心沉迷于新将军府的设计，屡屡亲至施工现场，大费心思，这也不行，那也不对，好不容易快要完工的大门，又让从头重做，对待隔扇画也一丝不苟，特地派遣使者前往京都，直接调查依京风当如何画隔扇画，异常讲究。相州大人则什么事也不反对，全按将军的设计督促施工，看那京风的新建筑反而觉得稀罕。相州大人当时接

① 在古代日本，祢宜是在伊势神宫及以下各神社侍奉的神职，地位在神主之下，祝之上。——译者注

② 养鹰放于山野捕猎野鸟。——译者注

替故左卫门尉义盛之职，这次还兼任武士所别当，可谓声名显赫，但他从不表现得自高自大，反而低得下头，对待我等下人也不吝亲切，面对将军时，又以一种很不自然的格外殷勤郑重的做派寒暄问候，而将军也以一种比以前更客气、更温和的语气应对。倘只看表面，二人之间的关系较之从前还要圆满，互相慰劳，和睦融融。同年七月七日，在临时将军府举办自那场战役以来的首次和歌会时，相州大人也很少见地出席了，还作了两三首如“松风似水音”之类的和歌，论水准只能说是敷衍之作，无一人为之感服，唯独将军一一拿起那些和歌，用完全不含嘲讽之意的严肃口吻赞道：“果然做人做得妙的，和歌也写得好。”观相州大人的和歌，“松风似水音”也好，“鹑鸣月儿倾”也罢，全是平平无奇的景物，但怪异的是，这些景物一经相州大人写来，给人的感觉就很特别，可见相州大人其人确实古怪。这一年也是将军创作和歌最为认真的时期。从下一年开始，将军就怠慢了歌道，只偶尔在酒宴上戏作凑趣，每年认真构思创作不过两三回，次数少得一只手都数得过来。

“万事不过十年，然后可谓余生。”

当时他一直这么说，或许是就政事而言的，但在歌道上，至建保元年，将军钻研和歌恐怕也已近十年了。他自幼便爱好和歌，根据古抄本的残片一点点地开始正式学习创作，在十四岁上已能写出令人瞠目结舌的佳作。而且那一年，内藤兵卫尉朝亲献上了一卷《新古今和歌集》作为京都赠礼，其中还收录了将军之父右大将的和歌，令将军愈发感动。那本和歌集促使他不断精研歌道，召集将军府内风流人物举办和歌会等活动，甚至有那惹怒将军的家臣，献上一首和歌，当场便得到了宥免。之前已经说过，在承元二年，将军十七岁时，清纲献上了一部祖传的《古今和歌集》，令将军喜不自胜，盛赞为传世重宝。第二年，将军根据梦中得到的启示，向住吉神社奉上了二十首颂歌，又顺便从初学以来所作的和歌中选出三十首送与京极中将定家卿，很快，定家卿就一一评分寄回。自此之后，他跟随定家卿更积极地钻研歌道，遵其“词慕古，心求新，祈高不可及之姿……”的教导，到第三年七月，他已能写出“过犹不及民哀叹，八大龙王速止雨”这样威仪凛然的杰作，展现出古今独步的大歌人的格调。后来又在十月遇见鸭长明先生，犹如一道闪电划过心头，他瞬间明悟了和歌的奥义，此后首首皆是珠玉之作。很快就到了二十二岁，似乎也在这一年达到了其歌道的巅峰，作品数量众多。他经常埋头创作直至深夜子刻、丑刻仍不就寝。那段时间他脸色苍白，身体给人的感觉也如透明的精灵一般，仿佛不属于这个世界。该说是同气相求吗？我曾清楚地看到，有一个冷冰冰的梦幻般的女子站在苦吟的将军面前，我刚惊呼出声，她就嗖地一下飞走不见了，吓得我寒毛直竖浑身颤抖。转念一想，当天赋歌人苦吟时，遇到这种神奇之事倒也不足为怪。同年年底，将军亲手编撰了那本无比优美的和歌集，后来人称《镰仓右大臣家集》或《金槐和歌集》。在此前后，其师定家卿也不遗余力地为这个尊贵而优秀的弟子助势。在前一年，即建历二年的九月，他托筑后前司赖时为将军送来音信及和歌文集，同年八月和十一月，又分别向将军献上大量的和歌文集，尤其十一月的文集，是祖传的私本《万叶集》，将军好像比承元二年收到清纲献上祖传的《古今和歌集》时更加高兴。对他来说，《古今和歌集》也好《万叶集》也好，都不是第一次得到，将军府内有两三份残抄本，早在很久以前他就已知悉大体内容，并写出了不亚于《万叶集》收录作品的韵律高明的和歌。而在五月的和田之战中，将军府文库内的大半书籍皆被烧毁，正当心感凄凉之际，定家卿送来一部祖传的私本《万叶集》，其喜悦之深可想而知。

八月，新将军府落成，于二十日举行了盛大的入住仪式，将军对设计府邸的热情告一段落，立刻又把心思对准和歌，开始了最后的、异常的钻研，政务仍旧交给别人，朝夕只琢磨和歌，上一刻刚把内院女官们召集起来，吩咐要比赛和歌，下一刻却又说女人不懂和歌，带着武州大人、修理亮、出云守、三浦左卫门尉、结城左卫门尉、内藤右马允等众多风流武者来到火取泽边观赏秋草，兴高采烈地大对连歌。相州大人一言不发，但几位家臣之中，似乎有人对将军当时的行状暗暗蹙眉。到了同年九月二十六日，甚至终于发生了令人尴尬的事——短虑固执的长沼五郎宗政在将军府里大声说起了将军的坏话。

原来，九月十九日，故畠山次郎重忠的小儿子阿阇梨重庆于日光山麓纠集浮浪之徒策划谋叛的消息传来，将军府当即差遣长沼五郎宗政前去镇压，宗政立刻出发赶往下野国，二十六日便提着重庆的首级意气风发地率军凯旋。将军当时有点醉醺醺的，偶然听仲兼大人说宗政提着首级前来参见，不禁眉头紧蹙，出人意料地训斥道："谁教他杀人了？畠山重忠和这次的和田左卫门尉一样，本就是无罪被诛的幕府忠臣，其幼子含恨密谋，不足为怪，应先将之生擒，听其细细道来。宗政他却擅自杀人提头而返，如此鲁莽之辈，神佛也得发怒，当禁止他出仕。"仲兼大人把将军的训话原原本本地转达给了宗政。宗政目眦欲裂，当场出言不逊，"恕我直言，这话简直滑稽。将那法师生擒带回最为容易，但其叛逆证据已然确凿，若将其生擒带回镰仓，则诸多女官、比丘尼必然显露高尚愁容替他求情，将军也定会立刻以所谓慈悲之心，准许那些多事女人的恳求。如此一来，则谋逆亦非重罪，进而可以想见，幕府前途危矣，正因如此，我才当场加以天诛，却不料将军竟无端叱责，简直岂有此理！这么一来，今后还有谁肯为幕府舍命尽忠？简直愚不可及。将军他全然不似故右大将的风范，不以之为榜样，不知尚武，不爱勇士，只喜观花赏月，迷失脂粉堆中，陶醉于肤浅的恭维，竟以作得和歌为傲，岂不可笑。没收土地不予有功之族，反而多赐予美人，比如将榛谷四郎重朝的遗地赐给了五条局，将中山四郎重政的遗地赐给了下总局，可耻，可耻啊！如今眼看武艺荒废，只有怪模怪样的风流武者泛滥成灾，真正的勇士必将完全销声匿迹，蒙将军发怒，被禁止出仕，我心里反而痛快了。”

宗政发泄完平日的郁愤，晃着膀子离开了将军府。虽说房间相隔较远，但他的声音又粗又高，想必已传入将军耳中。我等近侍都捏了把汗，坐立难安。但将军果然肚量非凡，他神色郑重地说道：

“武将该当如此。”

说完，将军便继续静静地呷酒。此后不久，将军复准宗政出仕，但他自己仍和以前完全一样，耽溺于和歌管弦，对宗政豁上性命的那番谩骂似乎毫不在意，只是一旦事关朝廷和神佛，他就立时表现出凛然之态，像变了个人似的。另外，在梅雨连绵的日子里，他似乎一直惦记着和田氏一族郎党接连遭讨伐身死一事，片刻也不曾离开心头。那年十二月三日，将军甚至终于亲自参拜了寿福寺，为那些以故左卫门尉义盛为首的一族郎党祈求冥福。

建保二年甲戌。二月大。一日，丙申，晴，亥刻地震。四日，己亥，晴，将军家聊御病恼，诸人奔走，但无殊御事，是若去夜御渊醉余气欤，爰叶上僧正候御加持之处，闻此事，称良药，自本寺召进茶一盏，而相副一卷书令献之，所誉茶德之书也，将军家及御感悦云云。七日，壬寅，晴，寅刻大地震。十四日，己酉，霁，将军家被催烟霞之兴，令出杜户浦给，渐及黄昏，待明月之光，棹孤舟，自由比滨还御云云。

同年。三月小。九日，甲辰，晴，及晚，将军家俄御出永福寺，为御览樱花也。

同年。四月大。三日，丁酉，晴，亥刻大地震。

同年。六月大。三日，丙申，霁，诸国愁炎旱，仍将军家，为祈雨持八戒，转读法华经给。五日，戊戌，甘雨降，是偏将军御恳祈之所致欤。十三日，丙午，关东诸御领乃贡事，自来秋可被免三分二，假令每年一所，次第可为巡仪之由被仰出云云。

同年。八月小。七日，己亥，甚雨洪水。廿九日，辛酉，阴，去十六日，仙洞秋十首歌合，二条中将雅经朝臣写进，将军家殊令赏玩之给云云。

同年。九月大。廿二日，癸未，霁，丑刻大地震。

同年。十月小。六日，丁酉，晴，亥刻大地震。十日，辛丑，霁，申刻雨雷鸣甚。

同年。十一月大。廿五日，乙酉，晴，六波罗飞脚到着申云，和田左卫门尉义盛、大学助义清等余类住洛阳，以故金吾将军家御息为大将军，巧叛逆之由，依有其闻，去十三日，前大膳大夫之在京家人等，袭件旅亭之处，禅师忽自杀，伴党又逃亡云云。

同年。十二月大。四日，甲午，晴，亥刻，由比滨边烧亡，南风烈之间，及若宫大路数町，其中间人家皆以灾。

建保三年乙亥。正月小。八日，戊辰，霁，伊豆国飞脚参，申云，去六日，戌刻，入道远江守时政于北条郡卒去，日来烦肿物给云云。十一日，辛未，晴，若宫过人家烧亡，酉戌两时之间，廿余町悉为灰烬。

同年。二月大。廿四日，癸丑，晴，戌刻，雷电数声。

同年。三月大。五日，甲子，快霁，将军家为览花，御出于三浦横须贺。廿日，己卯，今日被仰下云，京进贡马者，其役人面面，以逸物三疋，兼日令用意，可入见参，撰定者可有御计也云云。

同年。六月小。廿日，戊寅，今夜子刻，御灵社鸣动，及两三度云云。

同年。七月大。六日，癸巳，晴，坊门黄门，被进去六月二日仙洞歌合一卷于将军家，是依内勅定也云云。

同年。八月小。十八日，乙巳，甚雨，午刻大风，鹤岳八幡宫鸟居颠倒之。十九日，丙午，阴，地震矣。廿一日，戊申，晴，巳刻，鹭集御所西侍之上，未刻地震云云。廿二日，己酉，霁，地震、鹭怪事，被行御占之处，重变之由申之，仍去御所，入御相州御亭，亭主被移他所云云。

同年。九月小。六日，壬戌，晴，丑刻大地震。八日，甲子，阴，寅刻大地震。十一日，丁卯，晴，寅刻大地震，未刻又少动。十三日，己巳，晴，未刻地震。十四日，庚午，晴，酉刻地震，戌刻地震，同时雷鸣。十六日，壬申，晴，卯刻地震。十七日，癸酉，晴，戌刻三度地震。廿一日，丁丑，晴，依连连地震，被行御祈。廿六日，壬午，亥刻，雷鸣数声，降雹大如李子。

同年。十月大。二日，丁亥，晴，寅刻地震。

同年。十一月小。八日，癸亥，快晴，将军家自相州御亭还御御所，依鹭怪，御旅宿已经七十五日讫。廿五日，庚辰，于幕府，俄令行佛事给，导师行勇律师云云，是将军家去夜有御梦想，义盛以下亡卒群参御前云云。

同年。十二月大。十五日，己亥，晴，亥刻地震。十六日，庚子，霁，终日风烈，连连天变等事，将军家殊可有御谨慎之变也云云。

建保四年丙子。正月小。十七日，辛未，霁，将军家御持佛堂御本尊，运庆奉造之，自京都被奉渡，可有开眼供养事，为信浓守行光奉行有其沙汰。廿八日，壬午，晴，始安置御本尊于御持佛堂，即有供养之仪。

同年。三月大。七日，庚申，海水变色，赤如浸红云云。廿五日，戊寅，御台所依严阁甍御，渡御信浓守行光山庄，密仪也云云。

同年。四月小。九日，壬辰，于常御所南面，终日听断诸人愁诉给，各候于藤御壶，言上子细。

同年。五月大。廿四日，丙子，将军家令历览山内边给，不期之间，诸人追驰参云云。

同年。六月大。八日，庚寅，晴，陈和卿参着，是造东大寺大佛宋人也，彼寺供养之日，右大将家结缘给之次，可被遂对面之由，频以虽被命，和卿云，贵客者多令断人命给之间，罪业惟重，奉值遇有其惮云云，仍遂不谒申，而于当将军家者，权化之再诞也，为拜恩颜企参上之由申之，即被点筑后左卫门尉朝重之宅，为和卿旅宿，先令广元朝臣问子细给。十五日，丁酉，晴，召和卿于御所，有御对面，和卿三反奉拜，颇涕泣，将军家惮其礼给之处，和卿申云，贵客者，昔为宋朝医王山长老，于时吾列其门弟云云，此事，去建历元年六月三日丑刻，将军家御寝之际，高僧一人入御梦之中，奉告此趣，而御梦想事，敢以不被出御词之处，及六个年，忽以符合于和卿申状，仍御信仰之外无他事云云。

同年。闰六月小。十四日，丁卯，广元朝臣今月一日迁大江姓讫。

同年。九月小。十八日，丙戌，晴，相州招请广元朝臣，被仰云，将军家任大将事，内内思食立云云，右大将家者，官位事宣下之每度，固辞之给，是为令及佳运于后胤给也，而今御年龄未满成立，壮年御升进太以早速也，御家人等亦不候京都，面面补任显要官班，颇可谓过分欤，尤所叹息也，下官以愚昧短虑，纵虽倾申，还可蒙其诫，贵殿盍被申之哉云云，广元朝臣答申云，日来思此事，虽恼丹府，右大将家御时者，于事有下问，当时无其仪之间独断肠，不及出微言，今预密谈，尤以为大幸，凡本文之所训，臣量己受职云云，今继先君遗迹给计也，于当代无指勋功，而匪啻管领诸国给，升中纳言中将给，非摄关御息子者，于凡人不可有此仪，争遁婴害积殃之两篇给乎，早为御使，可申试愚存之趣云云。廿日，己亥，晴，广元朝臣参御所，称相州中使，御升进间事讽谏申，须令庶几御子孙之繁荣给者，辞御当官等，只为征夷将军，渐及御高年，可令兼大将给欤云云，仰云，谏诤之趣尤虽甘心，源氏正统缩此时毕，子孙敢不可相继之，然者饱带官职，欲举家名云云，广元朝臣重不能申是非，即退出，被申此由于相州云云。

同年。十月大。五日，甲寅，将军家，令闻诸人庭中言上事给。

同年。十一月小。廿四日，癸卯，晴，将军家为拜先生御住所医王山给，可令渡唐御之由，依思食立，可修造唐船之由，仰宋人和卿，又扈从人被定六十余辈，朝光奉行之，相州、奥州频以虽被谏申之，不能御许容，及造船沙汰云云。

同年。十二月大。一日，己酉，诸人愁诉相积之由，依闻食之，年内可令是非之旨，被仰奉行人等云云。

虽说将军颇有玩物丧志之嫌，倘因此便以为他像仆人一样喝得酩酊大醉丧失体统，满嘴胡言乱语大声谩骂，抓住妇女如何如何，则大错特错了。将军当时固然酒量大增，但他总是喝到微醺即止，绝不烂醉，连端坐之姿也一如平常。而且，他的确会召集众女官调笑逗弄，但也只是说些高雅的笑话一解众人之颐，并非贪图下流享乐。但不管怎么说，他毕竟是征夷大将军，乃武门本宗，却怠慢了武艺，只热衷于和歌。当他举办莫名其妙的酒宴同妇女调笑时，其身份就显得非常惹眼了。所以，还是不得不说他玩物丧志，我等近侍虽然始终不变地信赖、仰慕将军，但偶尔也会突然没来由地深感不安。

次年建保二年正月，我们照例陪同将军前往二所参拜。二月三日，一行人平安回到镰仓。当晚，所有随从都来到将军府伺候，将军赐以杯酒，佳肴美馔接连端上，随着夜色渐深，众人觥筹交错，纵声高歌，席间乱作一团，将军也一直陪着大家，直至天光将亮，这才看出醉得厉害，几乎难以维持端坐之姿。翌日，将军卧床不起，显得十分痛苦。许多家臣陆续赶来探望，府内弥漫着非同小可的不安气氛。当时正在府中祷祝的叶上僧正看出将军只是宿醉，便派人回寺取来某种名药献上一盏，竟得覆杯之效，僧正颇为露脸，当场申明那药是茶——当时茶叶还是稀罕物，整个镰仓几乎无人饮用——顺带献上一卷赞美茶德之书，该书系他于坐禅余暇亲手所写，有人诧异惊叹，连道稀罕。如您所知，自天平时代以来的两大宗教，即传教大师[①]的天台宗、奉弘法大师[②]为祖师的真言宗，逐渐背离了开山祖师的精神，成了专门从事祷祝的俗宗，而这位叶上僧正对此十分不

---

① 最澄（767—822），日本天台宗开山祖师。——译者注
② 空海（774—835），日本真言宗开山祖师。——译者注

满。自二度渡宋返日以来，便多方奔走，欲创立达摩宗即禅宗这一新宗派。而同一时期，又有黑谷上人[①]创立念佛宗即净土宗。这两个宗派都获得了朝野的信仰，最终招致南都北岭[②]的嫉妒，双双遭到种种迫害。荣西[③]禅师逃至镰仓，草创寿福寺，此后直到建保三年六月因痢疾去世之前，几乎一直待在寺中。其往年创立新宗派、凭仗新智识挨个驳倒论敌的锐气，至晚年已丝毫不见片鳞半爪，也或许是更加大彻大悟了，他不再拘泥于宗派之别，也开始行那祷祝之事，闲暇时分，甚至写起了堪称珍奇的赞美茶德之书。所以在我们看来，他只是个狡猾、飘逸的僧正。将军被僧正的所谓茶德治好了病，立刻又召集诸多风流武士，或外出船游或观赏樱花，偶尔甚至独自溜出将军府去后山等地，闹得大家乱哄哄地到处找他。从建保二年到三年，大地震几乎连日不断，更有火灾、大风及旱灾之患，紧接着又发大雨洪水，还屡有异常可怕的雷鸣大作，天体也出现了日蚀、月蚀等异变。关东人心惶惶，将军的风流游兴也因而受到非难，甚至有人占卜称，这些天地异变都是众神在警告将军应该反省。还有人看到无数鹭群降落在将军府的屋顶上，预言此事非同小可，乃将军府将起重大变故之兆。

---

① 法然（1133—1212），日本净土宗开山祖师。——译者注

② 南都主要指奈良都兴福寺，北岭指比睿山延历寺。南都北岭代表平安时代以来自诩正统且具强大实力的全体寺社势力。——译者注

③ 荣西（1141—1215），日本临济宗开山祖师，即文中的叶上僧正。——译者注

当时，将军在相州大人的建议下离开了将军府，搬去相州大人府上，在那里度过了七十五天的困窘生活，却无任何重大变故发生，于是又回到了将军府。这一系列事件从头到尾莫名其妙乱七八糟，恐怕都源于将军平日里玩物丧志，令大家觉得非常碍眼。但不管将军如何沉迷游乐不务正业，一些事只有他才能办到。建保二年五月至六月发生大旱灾，诸多僧人在鹤岳宫连日祈雨，可天上只有数朵白云飘过，几声远雷传来，一滴雨也没下。而六月三日，将军斋戒沐浴，诚心诵读法华经，结果从第二天早上，就淅淅沥沥地下起了雨。昔日皇极女帝[①]在位时，天下苦于炎旱，各地纷纷祈雨，却无一见效。据说当时的大臣苏我虾夷曾亲自捧起香炉祷告，即便如此，依旧是晴空万里片云也无，虾夷大惭，请求至尊祷告。女帝移玉步至河畔，向四方拜，顷刻间便电闪雷鸣，沛然大雨降下，国土复归百谷丰登。而身为臣下的将军，固然比不得帝皇的尊崇治迹，但只要以纯正无染之心虔诚祈愿，则其愿必可通天，这就是无德僧侣和虾夷大臣等人做不到的原因。于是一时间，风评骤然好转，大家都认为将军固然沉迷于寻欢作乐，但其品德仍是崇高的。同月十三日，将军预见到当时频繁的天地异变会导致关东一带歉收，遂下令减免年贡，百姓愈发赞叹其高德。他有时如梦方

① 皇极天皇（594—661），日本第二位女天皇。——译者注

醒似的，突然驾临前庭，连日默默听取庶民的种种直诉。但没过多久，又开始计划游玩。原本沉默寡言的他，似乎变得能说会道了，甚至脸看起来也比以前年轻了些。有一天，近侍说他“您最近好像胖了许多”，将军则开玩笑地道：

“男人因苦恼而肥胖，女人则为消瘦而苦恼。”

他看似开朗，实则胸中可能深藏着不为人知的忧闷，但这种事自非我等所能揣测。

“无事可做。”将军曾幽幽地笑道。

他还曾在酒宴上一个人哈哈大笑，自言自语道：“像政所、武士所一样，设立一个都所如何？我只任那都所的别当就好。”

他这么说，看似在调侃自己一味模仿华丽京风，适任都所别当一职，但就我们日常所见，绝对不止如此，从另一种更为严肃的意义上，他也是认同设此职位的。当时幕府与朝廷的交通，真的全靠将军一人。建保三年七月，上皇私下颁诏，赐将军《仙洞歌合》一卷，而那年幕府挑选名马进献给京都皇室时，将军为每位官员也分别准备了三匹良驹，甚至甘当伯乐亲自动手仔细检查，连马嘴里也不漏过；建保五年七月至八月，上皇身体欠安，将军立刻派使节进京探望，献上野马三百三十匹，还修法祈祷上皇平愈。其对待朝廷的恭顺态度，堪称万民楷模，在招待朝廷派来镰仓的勅使时，将军也大显诚心敬意，备豪礼相赠，一味披沥忠君赤心，其母太夫人在建保六年二度去熊野参拜时，顺便也到了京都。在京逗留期间，上皇命人来到客栈宣旨，出于特别宠爱，擢太夫人官叙从三位，更恩准她直接面见上皇。而本该为这破格朝恩感激涕零的太夫人，却自称乡鄙老尼，不敢于咫尺间拜见龙颜，请免此仪，并放弃了参拜京都诸寺等一切打算，即刻启程赶回镰仓。鉴于她这种刚愎固执的不敬态度，可见二者虽是亲母子，但确有云泥之别。

将军这一心一意、恳挚坦荡的忠诚之念也深得上皇赏识，升官极快，建仁三年九月七日叙从五位下，任征夷大将军，同年十月二十四日任右兵卫佐，元久元年正月七日叙从五位上，三月六日任右近少将，次年正月五日叙正五位下，同月二十九日任右中将，兼加贺介，建永元年二月二十二日叙从四位下，承元元年正月五日叙从四位上，次年十二月九日叙正四位下，第三年四月十日叙从三位，五月二十六日再任右中将，建历元年正月五日叙正三位，次年十二月十日叙从二位，建保元年二月二十七日叙正二位，自此，将军也开始一心期待升官，甚至曾因迫不及待，竟主动催京都送来除书。建保四年六月二十日，年仅二十五岁的将军被任命为权中纳言，七月二十日兼任左近中将，建保六年正月十三日任权大纳言，三月六日任左近大将，十月九日任内大臣，十二月二日任右大臣。而且就任左近大将及右大臣时，用于朝贺仪式的服饰、车马等一应器具，皆由上皇命人送至镰仓，恩宠之隆委实不可估量。对此，仍有粗鄙无礼之辈妄自议论，心存愚虑，怀疑上皇是存了“官打”的企图。想必您也知道，都说一个人突然被提拔到与自家身份不相符的高位任大官，就会不堪重负丢掉性命。所以，急速擢拔可憎之人的官位以图夺其性命，即称“官打”。而有此疑虑之人，并不了解同为优秀歌人的上皇与将军之间那天真烂漫、感人肺腑的君臣之情。当将军在承久元年正月以那样的方式死去时，据说上皇立刻便派内藏头忠纲作为特使前往镰仓传达圣意，尤其致以慨叹惋惜之情。而且将军一死，立刻就爆发了那场不祥的兵乱。由此不难看出，将军虽看似一味沉迷于风花雪月，但他实则时刻站在朝廷与幕府之间呕心沥血，是当之无愧的都所大别当。

但当时，府内府外都对将军误解甚大。建保四年九月，又有入道大人向将军试进谏言反而大大丢丑一事。九月十八日，相州大人秘密邀请入道大人到他府上，神情严肃、目光如箭地盯着入道大人，道：“实在不知怎生是好了，我是说将军，他看来对和歌管弦等风花雪月之事已然厌倦，最近又开始热衷于升官晋爵，甚至屡次催京都送来除书，简直太不像话，京都皇室众人想必也都目瞪口呆了吧？就从保住幕府威信这方面来说，这也不是一件好玩的事。故右大将不愧是聪明的，每次朝廷宣旨升他的官，他都固辞不受，接下来我要说的话，天知地知你知我知，正二位也好大纳言也罢，我等幕府中人没必要急着受官，毕竟名不副实，一个征夷大将军已足矣。可是不知为何，当代将军却偏一味追慕京都，以前尚不致如此，现在却好像对京都皇室的任何旨意都感激涕零。这样下去，必将被皇室之人抓住痛脚，致使幕府遭人轻蔑，造成严重后果。将军这次的嗜好很不好，此事本可由我进告，但我实在是个笨嘴拙舌的急性子，倘说了不该说的话，徒惹将军着恼，适得其反。所以，我想依靠你那优雅而委婉的口才。”入道大人有点狼狈，说了一句“受宠若惊”，又干咳了两三下，“关于此事，”他夸张地膝行至相州大人近前，“我平日里也不是没有为此事烦恼，”入道大人语气含混，“但实在难办，对面若是故右大将，只要事关京都，他都会一一下问于我这个京都土人，我虽不才，也会开陈愚见。可当代将军从不下问于我，只凭自己的想法与京都不断交通，而我只能心神不定地束手旁观。您今日之言，我很感激，说得很好，我一定规谏，只不过，”他突然歪头压低声音，“我觉得，最好还是作为您的使者进谏。”入道大人照例逃避责任，相州大人不动声色地点了点头，似乎密谈至此便已议定。当然，这是我后来听许多人说的。我认为大体上应无出入，还请自行斟酌。

过了两日，入道大人作为相州大人的使者参见将军，完美地阐述了胡乱求官之所以不好的理由。平素说话含糊其词的入道大人，一反常态地用起堂堂言论，先从故右大将谈起，说他立下那般大功，但只想把佳运留给子孙，故而一生不求官位，只当征夷大将军便已满足。接着又巧言讽谏当代将军，说他并无显赫勋功，却已官至中纳言中将，这等事例仅见于摄关之子，其他任何人都是不被允许的，倘继续勉强为之，恐将招来灾祸临头，若盼子孙能享余荣，须辞去当前官职，效仿故右大将只当征夷大将军，最好待年事渐高再拜受官位。将军听完，爽朗地微笑道：

“你说求官不好，只怕别有理由，所谓为子孙计，实在太显唐突，我哪里有子孙呢？”

将军依旧是开玩笑般的口吻，入道大人似乎很沮丧，怔怔地仰视着将军的脸，一言不发，片刻后静静地施了一礼，垂头丧气地径直退下了。将军说自己没有子孙，本来并不奇怪。他当时的确膝下无子，这样说肯定是想轻描淡写地捉弄入道大人一番。但即便如此，这句话仍不可思议地在我内心激起了悲痛的回响，仿佛是荒谬、不祥的预言，我深知这定是我等的愚蠢的狐疑。但就在第三年正月，发生了那桩可怕的事，使我觉得，将军说这句话果然一语成谶。

也是在这一年，将军提出了渡宋的计划。这个计划并无深意，只因当时恰值宋人陈和卿来到镰仓，将军听说他造船技术高超，便突然心血来潮决定渡宋。对我等穷人来说，营造大船远渡宋朝是想也不敢想的，但对于一个身份堪称关东大长者的人而言，有此计划则自然顺理成章，趁年轻游览不同的土地，也是一件益事。何况那位令将军素来为之倾倒的厩户皇子，早在六百年前就已同隋朝交通，还有镰仓寿福寺的叶上僧正，也曾两度渡宋。我等以为，不同于那些不学无术的乡巴佬，只能在梦中一见遥远的唐朝和天竺，将军学识这般渊博，定然知晓渡宋不难，方才轻易决定了这一计划。而幕府那些眼界狭窄之人，几乎都认为将军疯了，纷纷强烈反对。有人说，将军不堪北条家的压迫逃出镰仓，在海上漫无目的地游荡，最后甚至企图自杀；还有人说，将军定是假意渡宋，实欲上京，用这艘大船载满上皇的大军返回镰仓讨伐北条家；又有人说，将军此举用意颇深，是想通过造船耗费幕府资金，从而使幕府、将军、北条家一起垮台，以此对上皇示忠，作为最后的献礼；也有人说，将军是在闹别扭，渡宋什么的，根本就是胡闹；另有人抒发奇怪的感怀，说不该尽往坏处猜，将军筹划这次渡宋，纯是为了朝拜憧憬已久的宋朝医王山，并无其他意图，赞将军信仰之笃深，着实令人敬佩……如此种种，众说纷纭，吵嚷不休，简直好像又要在镰仓爆发大战似的。不过，相州大人、入道大人及太夫人的想法还是很慎重的，尽管同样也是反对，但他们并不像那些纷纭诸说一样抱着肤浅的疑虑。太夫人不愧是将军生母，她首先从健康的角度考虑，劝将军停止该计划，但将军似乎没听进去，满不在乎地答道："不要紧，顶多一年就回来了，六百年前的厩户皇子，当时不也轻易便实现了同隋朝的往来吗？"相州大人和入道大人又一齐劝谏道：

"将军不坐镇幕府，哪怕只是一年，亦属史无前例，教人难安。"

"离开短短一年若也不行，还要尔等重臣作甚？"

"您欲以何种身份渡宋？"

"日本旅人。"

"陈和卿当向导，令人不放心。"

"我当然知道异国人不可靠，只是随他学点东西罢了。"

谈话进行不下去了，相州大人和入道大人面面相觑，所能做的唯有叹息。将军才二十五岁，正如先前所说，趁年轻时去异国他乡增广见闻绝非坏事，短短半年或一年不在幕府，无论靠相州大人还是入道大人，都不是不能暂时维持，比起去京都待上一两年，和京都皇室众人产生共鸣，此举对幕府而言更安全，相州大人等似乎也觉得，这次的出国旅游计划，较之追求升官的嗜好还算不错。不过，他们似乎怎样也信不过那个陈和卿，坚决反对此人担任向导。

陈和卿其人非常不可思议，异国之人的心思，我等很难理解。据说他在建保四年六月突然来到镰仓，到处散布奇言怪论，说当代将军乃佛祖转世，很快便传入将军耳中。而将军尊崇的厩户皇子据说就是神佛化身，想来是因此产生了兴趣，便在十五日召见了陈和卿。别看陈和卿当时似乎相当落魄，据说以前是个很有名的唐人。从建保四年算起约二十年前的建久六年三月，故右大将二度上京参拜东大寺大佛殿时，偶然听到关于宋朝来客陈和卿的传闻，并见到了由陈和卿任总指挥重铸的卢舍那佛首，觉得此人名不虚传，确是良工巧匠，便派重源上人[①]相邀。不料陈和卿竟称，将军断送诸多人命，罪孽深重，不如不见。故右大将听了上人转述的无礼答复，非但没生气，反而愈发为之倾倒，以征伐奥州时所着甲胄、鞍马三匹及金银等大量财物相赠，但陈和卿丝毫不为所动，称甲胄可熔成铁钉供营造伽蓝之用，其余财物则不能接受，悉数退还了。陈和卿如此傲慢，终究敌不过岁月，其铸造本领日渐衰退，却愈发喜欢炫耀孤高，时常做出离奇举动以夸示自己非凡庸之人。往往这种

① 重源（1121—1206），日本僧人。在源平争乱中烧毁的东大寺经他主持完成了重建。——译者注

人都有一颗妒心，陈和卿似乎也不例外，于是逐渐被周围的人疏远，最终被迫离开东大寺，过起了失意的流浪生活。直到建保四年六月，他出现在了镰仓，宛如一个乞丐，往年的气概早已消失不见。他宣称那位罪业深重的故右大将的亲儿子乃佛祖转世，恳求一睹其慈悲面容。在我等看来，以名人自居的匠人，当春风得意时，往往待客趾高气扬，那是一种狡猾的为商之策，有些人会像故右大将一样愈发为之倾倒；而一旦完全没了生意，因为本就是姿态上的故作高洁，所以这回就立刻向客人哭诉抱怨起来。这种事屡见不鲜。陈和卿当时的言行，也不过是显而易见的卑鄙手段罢了，但将军似乎由佛祖转世自然而然地联想到了厩户皇子的事迹，显得很上心，于十五日将陈和卿召入府中。那陈和卿也非常人，仰头看了将军一眼，就大声哭了起来。也许异国人就算不那么悲伤也能随时随地流下眼泪，一个消瘦丑陋的老翁扭动号哭，那场面非同小可。将军也不免皱起眉头，显得无可奈何。过了片刻，陈和卿才哭着说，将军前世是宋朝医王山的长老，而他当时是其弟子服侍左右，想来很是怀念。

“我梦见过。”

将军一点也不惊讶。似乎是在六年前的建历元年六月三日丑刻，将军安睡之际，一位高僧出现在他梦中，告诉他“汝本是宋朝医王山长老”。

“有趣的是，我不曾对任何人说起，却与你的话完全符合。”

将军摇了摇头，显得饶有兴趣。陈和卿怕也没料到事情居然如此顺利。从那以后，将军对陈和卿信赖有加，屡次召他到将军府，下问宋朝事情。逐渐地，只靠陈和卿的讲述已不能令将军满意，将军终于起了亲自渡宋的念头，遂吩咐陈和卿修造唐船，并正式任命他为渡宋向导，不顾周围的反对，更在那年十一月二十四日，指定了风流武者六十余人作为渡宋随从。我等也得以加入那支光荣的队伍。入选的所有风流武者，本就都是豪杰，他们似乎把这次行动当成了平时的船游，只不过规模更大罢了，所以什么事都信赖将军，无忧无虑地谈论着唐朝的美人，看上去早就兴奋得按捺不住了，只待陈和卿的唐船造成。将军也兴高采烈不能平静。但出发去宋朝之前，政务是无论如何必须过目的，他便从头开始批阅。另外，他听说由于自己此前怠慢裁决，以致诸方诉讼堆积如山，便督促官员务必在年内解决，并亲自逐一处理，劲头十足，俨然已成不渡宋不肯罢休之势。我看着将军心神不定日夜忙碌的样子，不禁心想，究竟是什么使他变得如此异常呢？其真正目的自然不是去什么医王山，将军不会看不穿陈和卿的卑鄙居心，他肯定什么都一清二楚，只是暂时利用对方而已，去的是不是宋朝无所谓，其唯一目的是逃离镰仓这片土地，哪怕只离开一年或半年也好。据说在建保三年十一月末，以和田左卫门尉义盛为首的将卒亡灵，成群结队地立在将军枕畔。次日早上，将军立刻做了盛大的法事。但这位无奈屠戮宠臣全族的主公的内心，必然比我们想象的还要荒凉得多。我不得不认定，这定是他决意渡宋的原因之一。

建保五年丁丑。三月小。十日，丁亥，晴，晚头，将军家为览樱花御出永福寺，御台所御同车，先御礼佛，次逍遥花林下给，其后入御大夫判官行村宅，有和歌御会，及亥四点，乘月还御。

同年。四月大。十七日，甲子，晴，宋人和卿造毕唐船，今日召数百辈匹夫于诸御家人，拟浮彼船于由比浦，即有御出，右京兆监临给，信浓守行光为今日行事，随和卿之训说，诸人尽筋力而曳之，自午刻至申斜，然而此所之为体，唐船非可出入之海浦之间，不能浮出，仍还御，彼船徒朽损于砂头云云。

同年。五月大。十一日，戊子，晴，申刻，鹤岳八幡宫别当三位僧都定晓，烦肿物入灭。廿七日，甲辰，去元年五月亡卒义盛以下所领、神社佛寺事，任本主之例可令兴行之由，今日被仰于彼迹拜领之辈云云。

同年。六月小。廿日，丙寅，晴，阿阇梨公晓，自圆城寺令下着给，依尼御台所仰，可被补鹤岳别当阙云云，此一两年，为明王院僧正公胤门弟，为学道所被住寺也。

同年。七月大。廿四日，己亥，晴，京都使者参着，自去十日上皇御疟病，每日令发给，内外御祈祷，更不见其验云云。廿六日，辛丑，晴，山城大夫判官行村为使节上洛，依院御恼事也。

同年。九月大。十三日，丁亥，将军家为御览海边月，渡御三浦，左卫门尉义村殊结构云云。卅日，甲辰，永福寺始被行舍利会，尼御台所、将军家并御台所御出，法会次第，舞乐以下尽美尽善。

同年。十月大。十一日，乙卯，晴，阿阇梨公晓补鹤岳别当职之后，始有神拜，又依夙愿，今日以后一千日，可令参笼宫寺给云云。

建保六年戊寅。二月小。四日，丙午，快霁，尼御台所御上洛。

同年。四月小。二十九日，庚午，晴，申刻，尼御台所御还向，去十四日，可令叙从三位之由宣下，上卿三条中纳言即以清范朝臣，被下件位记于三品御亭，同十五日，自仙洞可有御对面之由虽被仰下，边鄙老尼咫尺龙颜无其益，不可然之旨被申之，抛诸寺之礼佛之志，即时下向给云云。

同年。六月小。廿日，庚申，霁，内藏头忠纲朝臣为勅使下向，先御车二两，已下御拜贺料调度等，令舁之，匹夫数十人步列。廿一日，辛酉，晴，午刻，忠纲朝臣令运件调度等于御所，御车二两、九锡雕弓、御装束、御随身装束、移鞍等也，是皆自仙洞被调下云云，将军家召忠纲朝臣于帘中有御对面，殷勤朝恩殊被贺申云云，凡依此御拜贺事，参向人已以数辈，皆仰御家人等每日经营，赠物尽花美，是并莫非庶民之费。廿七日，丁卯，晴、阴，将军家任大将御之间，为御拜贺参鹤岳宫给，早旦为行村之奉，触申可有御拜贺之由于下向云客等，申斜有其仪。

同年。七月大。八日，丁丑，晴，左大将家御直衣始也，仍御参鹤岳宫，午刻出御，前驱并随兵已下，被用去月廿七日供奉人。

同年。八月大。十五日，癸丑，晴，鹤岳放生会，将军家御参宫，供奉人行妆花美越例，被用槟榔御车。十六日，甲寅，晴，将军家御出如昨，流镝马殊被结构之。

同年。九月小。十三日，辛巳，天晴阴，酉刻快霁，明月夜，御所和歌御会也。

同年。十月大。廿六日，乙丑，晴，京都使者参，去十三日，禅定三品政子令叙从二位给云云。

同年。十二月小。五日，癸卯，霁，鹤岳别当公晓参笼宫寺，更不被退出，被致数个祈请，都以无除发之仪，人怪之，又以白河左卫门尉义典，为奉币于太神宫令进发，其外诸社被立使节之由，今日披露于御所中云云。廿日，戊午，晴，去二日，将军家令任右大臣给。廿一日，己未，晴，将军家为大臣拜贺，明年正月依可有御参鹤岳宫，御装束御车以下调度等，又自仙洞被下之，今日到着，又扈从上达部坊门亚相以下可被参向云云。

公晓禅师于次年建保五年六月自京都归来，在太夫人的安排下，就任鹤岳宫别当。至于前任别当定晓僧都，已于同年五月因患痈疽去世。此前数年，公晓禅师一直在京都研习学问，太夫人怜爱孙儿，担心他在京都滞留过久，恐被谋叛之徒拥立，说不好便会重蹈荣实禅师的覆辙，落得个身死名裂的不幸下场，遂遣使者将公晓禅师强行带回镰仓，补任鹤岳宫别当一职。然而，这却成了震撼关东——不，岂止关东，更是震撼京都、西国乃至整个日本的大凶事的祸端。

那年六月末，公晓禅师也来将军府拜会。他当时十八岁，正是筋强骨健的大好青年，身材比将军高大得多，相貌华美，肤色白皙，仪表堂堂，不愧是源家嫡流公子。但他仍如幼时那般，面带含羞般的怯弱笑容，显得轻佻浮薄，无论是过于艳红的唇角，还是双目之中的神光，都给人以不洁的淫猥之感，相较于将军那纯一温润的风姿，果然在天性上高下立判。当日，禅师对内院所有人都鞠躬行礼，简直郑重得过分，问候将军时，他脸上浮现出极度谄媚的笑容，不堪入目，将军只默默地点了点头。本来，但凡有人自京都来，将军大都希望对方讲一讲京都事情，这似乎是他最大的乐趣，可当时，将军却什么也没问公晓禅师，甚至脸色颇显阴沉。我突然想到，将军很可能非常讨厌这位面露卑屈假笑的禅师。他很少反感别人，不管对谁都一视同仁，但唯独面对公晓禅师，总是神色不悦。六年前，禅师因剃度出家而来府上拜会时，将军就始终阴郁不快，后来有人在他面前提及这位禅师的传闻时，将军突然离席而去，似乎有什么事耿耿于怀。那天也是如此。禅师越是表现得战战兢兢、唯唯诺诺，将军的脸色就越是阴沉不悦。我当时已经二十一岁，正是不知深浅、狂妄自大的年纪，所以甚至冒昧地猜测，将军大概早就对禅师有所不满了。当日，禅师离开后，将军默然静坐良久，突然回头看向我等近侍，道：

“他没什么朋友，想必很是寂寞。今后你们不妨偶尔去僧院陪他聊聊天。”

不待将军吩咐，看到那位年轻禅师战战兢兢、谨小慎微的模样，我早已替他感到可怜，也不禁同情其境遇，正想着几时去陪他好好聊一聊呢。所以过了十来天，也就是七月初，我找了个轮休的日子，怀着一种近似义愤的心情，找去了鹤岳宫的僧院。我听说禅师白天须读经、戒行，并无闲暇，便趁夜间前去拜访，而禅师并未显得兴奋，以磊落大方的态度接待了我，还提醒说屋里太热，不如去海边，于是我俩便出了门。当晚夜色深沉，不见星月，禅师一言不发，疾步走在前头，其行速之快，我几乎一路小跑才跟得上。由比浦旷无一人，只有那艘自今年四月以来被遗弃在海滩上的巨大唐船，犹如令人毛骨悚然的魔怪的影子一般，黑沉沉地耸立着。这里须解释一下，那艘唐船按陈和卿的设计，于那年四月完工，十七日从午刻起，便有数百名纤夫在陈和卿的指挥下全力拖曳，想拉船下海，但移动如此巨物实非易事，况且陈和卿的指挥也相当敷衍，直至日暮时分，也才把船拖到水边而已。当时还有人说，由比浦滩浅水浅，显然浮不起如此大船。经他一说确实如此，这处港湾实非大船所能进出，众人以为陈和卿必然早有妙计，可保此地足以浮船，才敢担此重任，总之不妨当面相问，于是开始寻找陈和卿。哪知陈和卿早已潜逃。而一直期待大船下海、当天早早驾临由比浦一心苦候的将军，闻讯亦未惊诧，仿佛早有察觉，只是败兴而返。那些强烈反对将军渡宋之人，此时定然暗自抚胸庆幸。而那些被选为随从的风流武者，则不能接受这一结果，甚至有人说，好不容易造出这等大船，中止计划实在可惜，不如我们出力再往海里拽一次试试，却被人肃容相劝，言造此船者可是连海水深浅都不知考虑的大笨蛋，一旦拖至远海必定倾覆。众风流武者感叹“原来如此”，这才悻悻退下。至此，轰动镰仓的将军渡宋计划，以这种十分扫兴的形式，彻底付诸东流，大船被弃于由比浦海滩之上，势必只能白白朽损。将军宽宏大量，当然不至于为计划受挫而一直抱憾不能释怀。他一点也不恼那大骗子陈和卿，仿佛万事了然于胸，甚至含笑道:“看来事情并不像医王山那么顺利。”

从那以后，将军再也不提渡宋一事，至于陈和卿，后来生死不明，没听说他做出结庵日野外山写出《方丈记》一类的壮举，果然只是一个才疏学浅却极有野心、擅弄狡计奇策以图攀权附贵的老工匠。

“将军他——”禅师停下脚步，仰视着那艘丢人现眼的唐船，“当真打算乘这艘船去宋朝吗？”

“谁知道呢，反正我看将军似乎是想暂时逃离镰仓。”今晚，我打算什么都实话实说。

“可是，医王山长老那件事，他不是信了吗？”

“不，将军只是对偶然的巧合感兴趣而已，任谁都想知道自己的前身，就算不信，毕竟医王山长老的身份不俗，能与自己的梦相吻合，自然不会介意。”

“说得好，”禅师一笑，“坐这儿吧。海边果然凉爽。最近我每晚都来此地捉蟹烤了吃。”

“吃蟹？”

“便是法师，也食腥膻。我爱吃螃蟹。恐怕没有哪个法师像我一样胆大妄为。”

“不，在我们看来，您非但不是胆大妄为，反而是过于懦弱了。”

“在将军面前另当别论。唯独那种时候，我才自惭形秽，完全吃不消。我向来一见他就打怵，他似乎很讨厌我。”

我无言以对。

“我自幼便移居各地饱尝苦难，而他生来就从未经历世间艰辛。在他看来，似乎没办法不觉得我这种人肮脏，而我觉得他对我的鄙视简直无穷无尽。叔父那种人，似乎自有其强大之处，不过，他也变了。”

“变了吗？”

“变了。变蠢了。算了，不说了，来抓螃蟹吧。”禅师哼了一声，站起身来，“那艘唐船底下，聚集了数量多至不可思议的螃蟹，仿佛是陈和卿费尽心思为我公晓筑就了一个蟹巢。不过，他也是个蠢货。”

禅师哗啦哗啦地蹚水下海，在船腹搜寻，我也跟着下海，学他的做法在船腹摸索。看来的确有蟹聚集，禅师手法熟练地扯出了一只大螃蟹，用力摔在船板上，然后抛上沙滩，其过于冷酷的做法，令我不由得转过脸去。

“太残忍了。不如算了吧。”

我退回到了沙滩上。

“不抓的人没得吃，”禅师一面若无其事地说着，一面在船腹搜寻，又拽了一只出来，用力一摔，抛上沙滩，“蟹根本不觉得疼。”

捉够五只时，禅师笑吟吟地爬上沙滩，捡起摔破了壳的螃蟹：“今晚怎么全是雌的，雌蟹肉少不过瘾。生火吧，你也来帮我一下。”

我俩收集小树枝和干海草，把五只螃蟹浅埋在沙子里，上面堆放小树枝和海草并点火，不久柴火燃尽，禅师从沙子里捡起螃蟹，

“吃吧。”

“不，不必了。”

“那我就独自享用了。我喜欢吃螃蟹，倒也不知为何，就是特别喜欢。”他边说边灵巧地剥开蟹壳狼吞虎咽，看样子几乎完全迷醉于螃蟹的美味，但突然地，“我想去死。”

“啊？”我吃了一惊，向黑暗中的禅师的脸窥去，可他又开始咔嚓咔嚓地咬开蟹腿，满不在乎地用手指抠出其中的白肉，似乎除了手中的螃蟹，别的事已顾不上了，就这么过了一会儿，他突然又道：

“我想去死。我会死的。”

说着，他又咔嚓咔嚓地咬开蟹腿，“来镰仓是个错误，这次确实是祖母失算了，我一生只能待在京都。”

“您就那么喜欢京都？”

“看来你还不懂我的心思。京都是个讨厌的地方，人人都是爱慕虚荣的骗子，尽是些只会耍嘴皮子的，从来不知反省，也不负责任，所以京都恰恰适合我居住。对于一个轻薄的野心家来说，没有比京都更适合居住的地方了。”

“您不必如此贬低自己。”

“叔父那么仰慕京都，你可知他为何一次也不去京都？”

“那是因为，从故右大将那时起，就秉持着切勿太过接近京都的方针，就连故右大将，也只去过两次京都——”

“将军那人，可是一旦下定决心，连大宋都准备去的。”

“也许是担心有人捣乱——”

“的确有人别有用心，阻挠叔父上京，但不止这一个原因。其实，叔父是害怕京都的。”

“怎么会，将军明明那么倾慕京都。”

“不，就是害怕。京都人很轻薄，说话又难听，以前的木曾殿下[1]就是个例子。空有响亮的将军之名，却对京都皇室的仪式礼法一无所知。作为又矮又胖、沉默寡言的乡下人，张嘴就是关东口音，况且叔父是个麻子，很快就会被人戏称为麻子将军。”

“别说了。将军一点也不在意那种事。恕我直言，他和禅师你不一样。”

“是吗？就算将军不在意，可在别人眼里，麻子就是麻子，连祖父故右大将，也是因为头大，一去京都就被冠以‘大头将军’这一不雅称号，甚至连那么下贱的陈和卿之流，也遭人怠慢，送上礼物却被退回，碰了一鼻子灰，堪称奇耻大辱。京都这地方，就是这么讨厌。不过，右大将毕竟很了不起，再怎么被京都人瞧不起，他都毫不在乎，因为他对关东长者的实力拥有足够的自信，所以能保持镇定，至于当代将军，恕我直言，他是怎么也做不到镇定自若的，一旦被说成乡下人，在他而言似乎比死还要痛苦。越是土里土气的人，似乎越倾向于对奢华、纤美之物怀有憧憬。我观他日常行事，所做的一切努力都只是为了不被京都人笑话，仅此而已。他怕京都怕得不行，那里对他来说太耀眼了。就算要去京都，他肯定也得等到自己不至于被京都人嘲笑时再去，所以才一味盼着升官。他不想被京都人

---

① 源义仲。当年打败平家进入京都后，因作风粗鲁而招致朝廷众人嫌恶。——译者注

小觑，打算装模作样摆足了架子再去，然而那些努力都是徒劳，统统没用。他充其量只能成为一个怪模怪样的乡下公卿，犹如沐猴而冠。明明是个乡下人，却非要模仿京都人的风姿，没有比这更肤浅滑稽的了。在京都人看来，这种人简直算不得人。我第一次去京都时，也完全慌了手脚不知所措，也曾悔泣不已，但我生就的轻薄虚荣的血统，似乎和京都的水土十分相配，如今，我甚至已觉得那里大概就是我的归宿。我是个骗子，而骗子绝不能活在乡下，乡下人绝不会容许骗子。乡下人不开玩笑，小家子气，一味固执，但这也无妨，就好像在苟居乡下的人当中，也能找到真正的伟人。让人不能接受的，是那些明明身为乡下人，却偏要伪装优雅与京都人竞风流的家伙，以及像我这样沦落到乡下的骗子。我决不会像陈和卿一样在将军面前哇哇大哭，但也不知为何，我终究还是露出了卑屈的谄笑，连我自己都讨厌死了。不行，不行，这样下去可不行。要死了，我要死了。”他剥开另一个螃蟹的壳狼吞虎咽，“叔父看穿了我是个骗子，认为我跟陈和卿是同类。他讨厌我，而我呢，也觉得那个乡下人像沐猴而冠一样滑稽。啊哈哈，我俩都极度鄙视对方，太有趣了。源家的父子兄弟向来就有关系不睦的传统。话说回来，将军最近难道不是真的疯了吗？你应该能想到吧。”

我吓了一跳。

“岂有此理。哪个——不，哪位竟说出这种话来？”

“大家都这么说，相州也说过。相州告诉我将军疯了，所以他说什么都别违抗，统统答应就是。祖母也这么说，说那孩子天生是个白痴。”

“连太夫人也……”

“没错。北条家的人，有时就是这么愚蠢，什么疯子啦，白痴啦，这种话岂能经常挂在嘴边，尤其还是逮着我说，太愚蠢了，怎可如此大意，毕竟我是前将军的——不，算了，这种事无所谓，总之北条家的人是彻头彻尾的乡下人，他们真的相信将军是疯子是白痴，拿他们没办法。那些人倒不至于策划什么阴谋，可一旦认定某人是疯子是白痴，则不管对方是谁，都会满不在乎地说出口，所以有时会造成匪夷所思的结果。都是笨蛋，尽是笨蛋。你也是笨蛋。叔父教你找我，目的可不简单，并非怜我寂寞才让你陪我聊天，而是想打探我的情况——”

“不，不对。以将军的为人，不会考虑那种阴险之事。”

“是吗？所以说你是个笨蛋。无所谓，大家都是笨蛋。遍观整个镰仓，恐怕只有叔父的大夫人算是正派人。啊，吃完了，全吃光了。我只要一吃螃蟹，就兴奋难耐，这才是近似发疯的感觉。我好像尽说了些无聊的话，你大可向将军告密邀功去。”

“笨蛋！”我当即还击。

他轻轻避过，“好险，好险。看来镰仓盛产疯子。叔父真幸福，手下尽是好侍从。”说完便迅速离去了。

我独自留在黑暗中，突然注意到脚下，吃剩的蟹的残骸散落一地，望去一片灰白，秽污肮脏之状，恰似那人的心。次日，我到将军府听差，将昨晚去僧院陪禅师聊天的事禀给将军，他只轻轻地点了点头，并未多问，反而我多嘴道：

“禅师好像又想回京都了。”

将军略作思考，只说了一句话：

“也许去哪儿都一样。”

或许是我的错觉，将军的语气听起来极其悲伤。我只能深深叹息，果然将军什么都已洞察无遗。就这样，那一年以及次年建保六年，将军的骄奢只增不减，和歌管弦之宴比以前更加频繁了，彻夜游宴亦不稀见。而且从那时起，甚至对待鹤岳宫的仪式和种种佛事，将军也只对外在极尽华美之能事，看上去好像格外隆重，但全是表面功夫，以致我怀疑他几乎已将谦虚的敬神崇佛之念忘得一干二净。太夫人、相州大人和入道大人，对任何事都不置一词，尤其太夫人，世人往往说她专横，可唯独对将军，她丝毫也不见专横的迹象，更不像那位无礼的禅师所言，当将军生来就是白痴。自前将军左金吾禅室生前，至当代将军袭职之后，太夫人一直都很活跃，而在当代将军意外遭难去世以后，太夫人就突然又开始公然干政，也是从那一时期，她开始被人称作“尼将军”。但在当代将军生前，正如我先前所说，太夫人一心守护左金吾禅室的遗孤，完全成了一个温柔善良的祖母。在当代将军成年后，她几乎再不曾直接出言干政，就连将军在这建保五六年的奢侈做派，太夫人似乎也未做严厉规劝，反而和大夫人一起观看那极尽华美的绚烂法事，心情也颇愉悦。她所以能表现得如此淡泊，绝不是因为她认定当代将军是个白痴而至死心，反而是因为发自内心地信赖对方。在我们看来，只能作此解释。建保六年三月，将军夙愿得偿，被任命为左近大将，于六月二十七日前往鹤岳宫拜贺。当时的队伍气派极了，那次拜神仪式极尽华美之能事，堪称镰仓史上之最。早在十几天前，京都的月卿云客们就已陆续赶来镰仓，只为届时列席观礼。二十日，内藏头忠纲作为勅使抵达镰仓，上皇所赐大量拜贺器具——槟榔、半蔀[①]车二辆、弓、装束、随从装束、移鞍等也被送至将军府，将军为鸿大朝恩而感激涕零，向勅使忠纲恭敬致谢，另备美酒佳肴堆积如山。

是日，池前兵卫佐为盛、右马权头赖茂等人也自京都抵达

① 下半部镶嵌格棂，上半部可向外吊起的板窗。——译者注

镰仓，将军府接待这些人也十分隆重周到，并未怠慢，直到仪式举行之日，始终日夜飨宴赠礼不断，极尽奢华，花销巨大，风传关东庶民以赋税的方式同样承担了这笔费用，因此有不少人暗地里怨恨将军。而将军却对花销毫不在意，二十七日的拜贺仪式圆满结束后，又于七月八日举行了左大将直衣始[①]仪式，规模宏大一如上次，盛装华服的队伍前往鹤岳宫参拜。至此，家臣也好士民也罢，几乎皆财产尽失，愁叹之声四起，清晰可闻。而那年十二月二日，将军终于被任命为右大臣，于二十日举行了右大臣政所始仪式，二十一日，因将军定于次年正月二十七日参拜鹤岳八幡宫以庆贺官叙右大臣，太上天皇为此所赐车马、装束等一切用具运抵镰仓，令整个镰仓异常动荡，而且这次拜贺仪式的规模之大，较之六月的左近大将拜贺仪式更胜数倍，非同小可。将军府众人面面相觑，甚至觉到一股悲伤的预感袭来，恐怕将军的命运会在这一两年内走到尽头，如同灯火将熄时反在瞬间变得格外明亮。回想十年前，十二岁的我入府奉公时，将军还只有十七岁，常召琵琶法师入府说唱，他全神贯注地聆听《坛浦之战》等曲段，给出了“平家，光明”的评价，他以“光明乃毁灭之姿吗”自问时的样子，历历如现眼前，在那些不为人知的夜晚，我也曾暗自垂泪。那个肮脏的

① “直衣始”指关白、大臣等受敕许首次穿直衣。直衣是平安时代以来公卿的日常便服。——译者注

恶别当，破了戒的禅师，宣称要在鹤岳宫内闭居斋戒祈祷千日，以遂心愿，断了与外界的一切交通。据宫内人传出的消息，他明明身为法师，却任由头发和胡须恣意生长。这一年十二月，他密遣使者到太神宫献币，也向其他几座神社派去使者，不知是为何事祈愿，似欲行不祥之举，令人不安。而另一方面，镰仓有史以来最为豪华绚烂的大祭礼的准备工作正在稳步推进。十二月二十六日，是为拜贺队伍选定随兵的光荣日，依照将军的指示，堪当随兵者，第一须是幕府世袭的勇士，第二须弓马娴熟，第三须仪表堂堂，必须集此三德于一身。那些自名门之中精心选拔的勇士们，个个容颜美丽，精擅弓箭，在他们看来，来年正月的拜贺才是关东无双的盛大仪式，几乎可谓千载一遇，此次入选随兵一事，可作为武门颜面流传子孙万代，实乃平生夙愿一朝得偿，于是互相拥抱庆祝。当时，整个镰仓恐怕只有天真的他们无思无想，满怀喜悦地期待新年的到来。

建保七年己卯。四月十二日为承久元年。正月大。

七日，甲戌，戌刻，御所近边，前大膳大夫入道觉阿亭以下四十余宇烧亡。

十五日，丙子，巳刻，大仓边烧亡，数十宇灾。

廿三日，甲申，晚头雪降，入夜盈尺。

廿四日，乙酉，白雪满山积地。

廿七日，戊子，霁，入夜雪降，积二尺余，今日将军右大臣家为拜贺，御参鹤岳八幡宫，酉刻御出。

行列

先居饲四人

次舍人四人

次一员

将曹菅野景盛　　府生狛盛光

将监中原成能

次殿上人

一条侍从能氏　　藤兵卫佐赖经

伊予少将实雅　　右马权头赖茂朝臣

中宫权亮信能朝臣　　一条大夫赖氏

一条少将能继　　前因幡守师宪朝臣

伊贺少将隆经朝臣　　文章博士仲章朝臣

次前驱笠持

次前驱

藤勾当赖隆　　平勾当时盛

前骏河守季时　　左近大夫朝亲

相模权守经定　　藏人大夫以邦

右马助行光　　藏人大夫邦忠

左卫门大夫时广　　前伯耆守亲时

前武藏守义氏　　相模守时房

藏人大夫重纲　　左马权助范俊

右马权助宗保　　藏人大夫有俊

前筑后守赖时　　武藏守亲广

修理权大夫惟义朝臣　　右京权大夫义时朝臣

次官人

秦兼峰　　番长下毛野敦秀

次御车、车副四人、牛童一人

次随兵

小笠原次郎长清（小樱威）

武田五郎信光（黑糸威）

伊豆左卫门尉赖定（萌黄威）

隐岐左卫门尉基行（红威）

大须贺太郎道信（藤威）

式部大夫泰时（小樱威）

秋田城介景盛（黑糸威）

三浦小太郎时村（萌黄威）

河越次郎重时（红威）

荻野次郎景员（藤威）

各胄持一人，张替持一人，傍路前行。

次杂色廿人

次检非违使

大夫判官景廉

次御调度悬

佐佐木五郎左卫门尉义清

次下腊御随身

秦公氏　　同兼村

播磨贞文　　中臣近任

下毛野敦光　　同敦氏

次公卿

新大纳言忠信　　左卫门督实氏

宰相中将国道　　八条三位光盛

刑部卿三位宗长

次

左卫门大夫光员　　隐岐守行村

民部大夫广纲　　壹岐守清重

关左卫门尉政纲　　布施左卫门尉康定

小野寺左卫门尉秀道　　伊贺左卫门尉光季

| | |
|---|---|
| 天野左卫门尉政景 | 武藤左卫门尉赖茂 |
| 伊东左卫门尉祐时 | 足立左卫门尉元春 |
| 市河左卫门尉祐光 | 宇佐美左卫门尉祐长 |
| 后藤左卫门尉基纲 | 宗左卫门尉孝亲 |
| 中条右卫门尉家长 | 佐贯右卫门尉广纲 |
| 伊达右卫门尉为家 | 江右卫门尉范亲 |
| 纪右卫门尉实平 | 源四郎右卫门尉季氏 |
| 盐谷兵卫尉朝业 | 宫内兵卫尉公氏 |
| 若狭兵卫尉忠季 | 纲岛兵卫尉俊久 |
| 东兵卫尉重胤 | 土屋兵卫尉宗长 |
| 堺兵卫尉常秀 | 狩野七郎光广 |

路次随兵一千骑也。

抑今日胜事，兼示变异事非一，所谓及御出立之期，前大膳大夫入道参进申云，觉阿成人之后，未知泪之浮颜面，而今奉昵近之处落泪难禁，是非直也事，定可有子细欤，东大寺供养之日，任右大将军御出之例，御束带之下，可令着腹卷给云云，仲章朝臣申云，升大臣大将之人，未有其式云云，仍被止之，又公氏候御鬓之处，自拔御鬓一筋，称记念赐之，次览庭梅，咏禁忌和歌给。

纵使人去家无主，檐端梅花勿忘春。

（以上摘自《吾妻镜》）

（以下据《承久军物语》[①]）

此时右京权大夫义时，勤御剑役给，入宫门给折，俄心神恼乱，前后暗也，呼文章博士仲章让御剑，退去归已邸给，此处有不思议，将军自御车降给，被令知细太刀柄入御车手形给，令打折给，乃浅，然而，仲章不苦候，结添木令参，昔谓临江王之人赴远道，车辕折而不慎行，不得再返，朽于他国土，申前车覆为后车戒，不谏申文章博士不觉次第也，止此欤，黑犬横通御车前事，灵鸠频鸣事，以方方有忌忌告，不惊而愣，令近石阶给时，不知自何处美僧现来，奉犯将军，初一太刀以笏合给，次之太刀御首被落给，文

① 《承久军物语》以和汉混淆体写成，无变体汉文版本，下文为译者仿《吾妻镜》的变体汉文格式所译。——译者注

章博士仲章、因幡前司师宪亦被斩，前后候随兵共，不知如何事，慌骚驰迂宫中，仇者谁不知。顷正月廿七日戌时事，天昏地暗，上下翻覆，响声夥乱，于此所，以上宫之砌，有阿阇梨公晓被名承讨父仇事，军势共即袭彼禅师御座雪下本坊所，于此处不御座，兵共归，别当公晓者，为故右大将殿御嫡孙，金吾将军二男也，御母者，贺茂六郎重长女也，为孤儿，祖母二位禅尼思召御座不悯，被附鹤岳八幡宫别当职，予窥讨将军并右京大夫义时给，未遂本望给，喜天与此拜贺时节，于思立所，闻召义时定御剑役由，于先讨一太刀给所，引换仲章勤御剑役故，敢无被讨，兔角悦遂日顷宿意，即手持将军御首，后见备中阿阇梨被向雪下北谷家，令参物等间，亦不放御首给，然而，别当门弟申驹若丸者，三浦平六左卫门义村二男也，或觉其谊，以申源太兵卫者为御使，义村向方被仰遣，右府将军已薨给，今关东可为长者我也，可早巡计略被示合，义村大呆，日顷厚奉被将军家御恩，今更劳思，参右京大夫申合，速定可奉诛别当阿阇梨，即仰于长尾新六、杂贺二郎以下五人之兵，被遣向阿阇梨之在所，别当待兼使之迟事给，思召义村不至私宅挂山中给，彼夜亦大雪降，于迷道御座所，往逢长尾六郎欲奉诛，别当早业力业，优于人给，无左右被讨给，蹴散蹴散积雪，以此处为先途斗给，然而，不势不敌多势，终被讨取给，夜明，廿八日，于欲营将军家御葬礼所，不知御首之在欤，于惑如何所，昨日御所御出时，公氏参御鬓，令拔鬓发一筋给，赐于御形见事，乃忌，用彼一筋之御发为御头之代，奉入御棺，奉葬于胜长寿院傍，是日，御台所亦有出家，御戒师者行勇僧都也，又武藏守亲广、左卫门大夫时广、城介景盛以下，数百人之大名共，悉出家，哀哉，如月二日，加藤判官驰着六波罗，右府将军御他界之寄申，京中贵贱男女闻传，失东西而悲叹。

唯，与利待无他事，于京亦闻召惊，世中忽为消火样也。（增镜）

# 铁面皮

放心，这篇文章不是写给你的。最近——其实是从去年秋天起，我着手写一篇题为《右大臣实朝》[①]的小说，预计约三百页稿纸，至今年二月底，终于努力写出了一百五十一页，累坏了，便给自己放了两三天假，心不在焉地琢磨起今年正月答应舟桥先生的短篇小说，但我生性中似有愚直的一面，心思怎么也离不开《右大臣实朝》，无法断然扭头去写别的，思来想去犹豫良久，这次还是只能写《右大臣实朝》，没办法，不，关于实朝其人，我是打算按先前预估的三百来页去写，所以现在就让我围绕《右大臣实朝》这篇预计约三百页的未完成的小说，用大约三十页来写点什么吧，除此之外别无他法。但对此我又想了很多，总觉得这样做是一种矫揉造作的宣传，对此任谁都肯定持同样的意见，而对自己的作品胡乱自吹自擂，好比一人对

① 与之相关的摘引内容，请参见《右大臣实朝》一文，本文不再另作注释。——译者注

自己并不好看的容貌抱有离谱的自负，还一本正经地解释给别人听，简直是令人觳觫的狂态，因此在我书中的“前言”也好“后记”也罢，不管书店的人怎样要求我为自己美言，我都丝毫不敢自夸，我的小说幼稚而拙劣，所以宣传什么的我连想都没想过。但是，若要我现在围绕这篇创作中的《右大臣实朝》谈点儿什么，则无论作者本意如何，在结果上恐怕都会变成肮脏的自吹，倘以映画而言，大约便相当于预告片，用意显而易见，再怎么俯首装出谦逊的美德示人，仍不过是乡巴佬的厚颜无耻。有人不免说了：“还以为是什么呢，原来要讲述创作的辛苦，即所谓苦心谈啊，真让人受不了，听说那家伙最近变认真了，不是攒了很多钱吗？好像也在学习，还说喝酒很无聊呢，并且留了胡子，原来都是谎言啊。总之苦心谈实在令人佩服，洗耳恭听。”——作者一时很恼火，为此深感困惑，便将这篇作品命名为《铁面皮》。反正我脸皮厚。

在稿纸上写下“铁面皮”这三个大字，我的心情多少平静了些。小时候我喜欢鬼怪故事，尽管怕得直哭，却放不下手里的鬼故事书，最后实在忍不住了，就从玩具箱里拿出赤鬼面具戴上，再继续读。我眼下的心情，即与当时的酷似，只因太过恐惧，以致发生了诡异的倒错。铁面皮，戴上这个面具就没事了，再没什么可怕的了。“铁面皮”，盯着这三个字仔细观瞧，它们仿佛化作一个历经反复磨砺的威风凛凛的铁面具，乌黑发亮，有种钢铁的感觉，十分男性化。或许，铁面皮正是男人的美德。总之，这几个字并不讨人厌。若戴上这个结实的铁面具，用含混的嗓音开始所谓创作的苦心谈，或许还能让我发出庄重的声响，不至于被狠狠嘲笑了。这么想着，小心翼翼、胆怯万分的愚作者独自怅然点了点头。

自昭和十一年[①]十月十三日至同年十一月十二日，长达一个月的时间，我一直在昏暗的病房里，日日垂泣。我把那一个月的日记，作为小说发表在了某文艺杂志上，由于是形式任性的作品，似乎给编辑添了很大的麻烦。该作品便是*HUMAN LOST*。如今看来，一切都成了不祥的敌国之语，但实则我是模仿《失乐园》[②]，以“人间失格”的心态那般命名的，该日记形式的小说在十一月一日那天，写有如下文句：

勿忘实朝。

伊豆之海起白浪。

① 公元1936年。——译者注

② 英国诗人、思想家约翰·弥尔顿（John Milton，1608—1674）的长诗代表作。——译者注

盐花散落。

芒草摇动。

橘子园。

痛苦时，我似乎定会想起实朝，只要性命尚存，我就想写一写他。我活了下来，今年已三十有五，眼看正是好年华。——倘如此写，似乎太过空漠，成了惹人生厌的花言巧语，无聊得紧，但想写实朝，确是我自少年时代便有的心愿，而今夙愿总算快要实现了，所以我也算相当幸福。我想感谢天神和观音菩萨，但那些神佛脑后的圆光恐致空欢喜一场，那种事也是有的。所以我勉强写了一百五十一页，兴高采烈的狂欢胡闹必须克制，关键在于今后。一旦写完这篇短篇小说，我就马上拎起沉重的皮包再度上路，继续那项未完的工作。怎么说呢，还是成了小学生郊游时的那种格调欢闹的文章，但愉快工作的时期在一生中似乎并不常有，故而这篇文章纵然如此浮躁，也姑且不予销毁，权当留作纪念吧。

承元二年戊辰。二月小。三日，癸卯，晴，鹤岳官御神乐如例，将军家依御疱疮无御出，前大膳大夫广元朝臣为御使神拜，又御台所御参官。十日，庚戌，将军家御疱疮颇令恼心神给，依之近国御家人等群参。廿九日，己巳，雨降，将军家御平愈之间，有御沐浴。（《吾妻镜》。下同）

关于您询问的镰仓右大臣，我会尽力把我的所见所闻，避免虚饰如实相告，但我心思愚笨，万一记错了年份或想不起人名，还请您一笑担待，勿予追究。

这是《右大臣实朝》开卷第一页。总觉得，自己引用自己的文章属实怪诞，而且这样抄下来再看，便觉十分幼稚，颇有卖弄之嫌，教人无地自容，好在有那铁面皮，可以厚颜继续写。说不定，这铁面皮许是真的呢。艺术家本就是厚颜无耻、矫揉造作的，漱石[①]一大把年纪还边捻胡子边一本正经地写下“吾辈乃猫，名字尚无”，余者可想而知。反正是不正经，贤者会避过此道。顺带一提，《徒然草》中写了不少讨厌的事，如模仿傻瓜

① 夏目漱石（1867—1916），日本近代著名作家。代表作有《我是猫》《哥儿》等。——译者注

的也是傻瓜，声称模仿疯子爬上电线杆的也是疯子，模仿圣人贤者自在地抱臂的也果然是真正的圣人贤者；而模仿风流好色之徒的果然风流好色，怪模怪样假装学者的果然是真学者，模仿耍酒疯之人的家伙确实总耍酒疯。假装艺术家的人是真艺术家，大石良雄的醉酒发狂也是真的。还有，教我们要“笑谈严肃事”的哲人尼采也还说过，边开玩笑说“何谓笑谈”边说事的家伙就是胡闹，而装作铁面皮的愚作者也没什么，就是铁面皮的愚作者。诚然，这话说得露骨，很是败兴，感觉简直就像被扒得赤条条，但这是一个不容小觑的说法。关于这一说法，我还想花长年累月去思考，但唯独“小说家是不知耻的愚者”这件事，似乎根本无须考虑，大可直接断定。去年岁暮，故乡的老母亲去世了，我时隔十年重返故乡，却被长兄大声叱责，他骂我“记住，你到死都是个废物”，这让我明白了一个道理。

“哥，”我昧着本心嬉皮笑脸，“我现在完全是个废物，但再过五年——不，十年，我觉得再过十年，就能写出一篇让你点头认可的东西。”

哥哥圆瞪双眼，“你对别人也说这种蠢话吗？千万别，太丢人。你一辈子都是废物，无可救药。五年？十年？还想让我认可？得了吧，得了吧，你这想法真够蠢的。你到死都是个废物，这是一定的，你记住了。”

“可是，”尽管被哥哥大吼“可是什么”，我却像毫无感觉似的，无声地露出丑怪的笑容，宛如被男人一脚踢开却又紧紧抱住对方小腿不放的妇女，“这么说就是没希望了。”我不知自己是男是女，“我到底该怎么办呢？”我曾在水上温泉见过一个名叫“宝船团”的下乡巡演的戏班子演戏，当时，一个额头极窄的美男子垂首站在舞台边说道：“我到底该怎么办呢？”那出戏有个极不合理的名字，叫“血染的名月[①]”。

哥哥也一怔，似乎感到了厌烦，“办法就是什么也别写，任何东西都不要写。没什么好说的了。”说完，他便起身离去了。

不过，当时哥哥的叱骂帮了我很大的忙，使我打开了眼界。历千百年而名垂青史不灭的人物，定是我们无法轻易揣测的非凡神品。看到羽左卫门[②]演的义经[③]，就会让人在心中描绘出一个温柔亲切、肤色白皙的义经；见了阪东妻三郎[④]扮的织田信长[⑤]，就会被其破锣嗓子所折服，以为信长便是如此——这或许

---

① “名月”指阴历八月十五或阴历九月十三夜的月亮。——译者注

② 第十五代市村羽左卫门（1874—1945），歌舞伎演员。——译者注

③ 源义经（1159—1189），平安时代末期名将。日本传统英雄，生涯极富传奇与悲剧色彩，是各种故事、戏剧的主人公。——译者注

④ 阪东妻三郎（1901—1953），日本著名电影演员。拍摄了大量的武侠剧和历史剧。——译者注

⑤ 织田信长（1534—1582），日本战国时代著名武将。在本能寺之变中因家臣明智光秀谋反而自刎，憾失统一大业。——译者注

真有可能。最近历史小说似乎非常流行，其风靡程度令人瞠目，我略略翻看过两三本，惊讶地发现，原来羽左、阪妻早就以背水一战的姿态大显身手了。羽左、阪妻的活跃，是肉眼可见的漂亮，可以当作一种新型话本，说书的异想天开，自有其难以割舍之处，也能享受到阅读的乐趣。但作者在使之具备深刻性和人情味的幌子下，却说楠木正成[①]无时无刻不寂寞得一塌糊涂，其笔下的御前会议也完全沦为同人杂志的审评会，只是吵吵嚷嚷互相怨恨。想必作者是基于自己小家子气的日常生活加以推测，去描写加藤清正[②]和小西行长[③]，所以尽是些立不住脚的英雄豪杰，还说加藤君和小西君都像运动员一样活力充沛，然而一到晚上便寂寞不堪。像这样的历史小说，若其本意是要写成滑稽小说或讽刺小说，则尚有别样趣味，然而作者发力过猛，尤自以为深刻，反令读者茫然无措。即使作为趣向，也是坏的。我老早就在想，历史上的大人物与作者之间难道不也须相差千里万里吗？这时，哥哥的呵斥骂醒了我。千里万里仍不够，应是白虎与瓢虫，不，是龙与孑孓，根本无可比较。好像有个大众作家曾口出妄言，宣称“这次想和德川家康较量一番”，我模

---

① 楠木正成（1294—1336），日本镰仓幕府末期至南北朝时期的著名武将。在倒幕运动中起了重要作用，也被视为悲剧英雄。——译者注

② 加藤清正（1562—1611），日本安土桃山时代至江户时代初期的著名武将。为人忠勇，“贱岳七枪”之一，亦是筑城名家。——译者注

③ 小西行长（？—1600），日本安土桃山时代著名武将。在关原之战中败北，后遭斩首而死。——译者注

仿哥哥的口吻，将那全无实体的大众作家提溜出来，训斥他“你在说什么呢，你哪来较量的资格，得清楚自己几斤几两啊，毫无自知之明，你到死都是个废物，这是一定的，你记住了”，借此暗自消去胸中块垒，所以说，我这个三十五岁的男人，终于毋庸置疑地成了日本头号大傻瓜。

（前略）还有人据其处境推测，洋洋自得地说他已经厌世、自暴自弃甚至绝望，而我眼中的大人，总是悠然自在，无忧无虑，时常朗声大笑。总有那么一些人，爱从别人的处境推测，以为对方活得痛苦，殊不知其人竟十分开朗乐观，到头来得见真相，则难免大吃一惊，这种事在这世上并不鲜见。

首先，单说大人的日常生活，我等从旁观之，就绝不是灰暗、抑郁的。父亲带我入府奉公伺候将军，是在我十二岁那年的正月十九日，而三天前，问注所的善信大人位于名越的宅邸毁于一场大火，将军托其保管的珍贵文籍尽成灰烬，善信大人入府谒见将军时垂泪不止，几乎完全痴了，我见他那副模样，扑哧一声忍俊不禁，待猛然回过神来，连忙往将军脸上一瞧，只见将军也向我瞥来，面露微笑。大量珍籍尽毁，他却毫无怨言，反而饶有兴味地和我一同看着善信大人愁叹连连，这样的姿态属实难得，简直有如神祇，我不禁心想：啊，我死也不离开大人。无论如何，我们之间存在云泥之别，天生便有高下之分，以我等俗人的鄙陋心胸去衡量大人，妄行种种揣测，正是造成天大错事的根由。怎会认为人人都一样呢？这是多么浅薄、多么自以为是的想法啊，实在教人气愤。那时将军刚满十七岁，但身体已然长成，其微微垂眸悠然而坐的姿态，看上去比府内任何一个老人都要理智、成熟、可靠。

老大每逢一岁暮，常觉光阴独弃吾。

当时的将军，甚至已能写出此等杰作。纵然知其天赋异禀，我等亦不免为之惊叹。（后略）

摘录太多，可能会挨出版方骂。这篇作品应该在三百页左右完成，但并未在杂志上连载，而是突然作为单行本由某出版社发售，对方已经预支了一笔不小的金额，所以这篇原稿已不再属于我。通常想来，从三百页里摘录个五六页，根本算不上多重的罪过，但我说不出“倘被其他杂志连载，这样的摘录自是不可饶恕的犯罪，但既然作为一整本三百页的单行本出版，区区五六页而已，一笑置之便是”这种话，只能用来乞求宽恕。无论如何，这都相当于映画的预告片，在结果上成了宣传一样的东西，所以出版方定会宽大处理。我照例这般做着小心翼翼、胆战心惊、卑鄙无耻的自辩，然后又戴上铁面具，——方才摘录了两页半，再摘录两页就好。

> （前略）而我毕竟是个入府奉公未久且年仅十二岁的孩子，只感到惶恐怯惧。（中略）接下来就说一说当时的事吧。将军在二月初发烧，自六日晚开始病重，到十日几近危笃，但那时正是分水岭，此后便日见起色，病势越来越轻。二十三日午刻，太夫人携大夫人来探望将军，我当时也缩在角落里，只见太夫人径直膝行至将军枕畔，凝视着将军的脸庞端详，如同谈论天气一般语气平静地说道：“真想再看一次原来的那张脸。”我那颗尚且幼稚的童心，也不禁猛地一沉，堵得难受。大夫人听了这话，早已哭倒在地，太夫人则依旧凝视着将军的脸庞，语气平静地问道：“您可知情？”将军脸上留下痘疤，容貌大变，身边侍从都装作不知，

太夫人却毫不在意地点明此事，令我等大惊失色，吓得魂飞魄散。

将军轻轻颔首，微露皓齿笑道：

“很快就习惯了。”

此言何其难能可贵。将军果然出类拔萃，超凡脱俗。此后过去三十年，我已然听到四十岁临近的脚步声，然而不管到三十岁还是四十岁——不不，就算再过几十年，我终究也达不到那样澄澈的心境。(后略)

不是因为这里写得好才特意摘录出来，我是想具体地告诉你，该作品在整体上便是这样的笔调。这个故事是基于走访实朝的近侍时——此人在实朝死后便出家隐居深山——听他讲的许多关于实朝的回忆，史实主要依据《吾妻镜》。不能让人觉得我是在胡说八道，所以我从《吾妻镜》的原文中摘选了一些精华，插在作品的各个重要关节，故事则未必遵循《吾妻镜》原文，我是打算借此机会将两者比较一番，好多少能感受到一些乐趣。——这简直就是明目张胆的广告，比大街上卖药小贩的说辞还要露骨。再不说了，连铁面皮都发烫了。谈点儿别的吧。不管怎么说，D[1] 这浑蛋也不简单啊，两三年前遇见他时，他似乎竟不知足利时代和桃山时代哪个在先，显得相当狼狈，但他当时说："所以说这个世界很可怕，什么都分不清楚。想写实朝是我从小便有的秘密愿望。"太荒唐了，哟！那家伙大概疯了，他说什么戒酒学习，一派谎言，买来一册名为《源实朝》的小人书，钻进被炉里一边喝着配给的烧酒，一边用红铅笔在小人书的说明文上一本正经地做标记，呵，那副模样历历在目。

最近我觉得，任谁都无限度地轻蔑我，实在是至为恰当的。对艺术家而言，这种程度不为过。人的伟大，我丝毫也不具备。似乎伟大的人，能在瞬间清楚地表明自己的意愿，绝不会输，绝不会栽跟头，而我总是结巴，被严重误解，大抵老是输，深夜里独自躺在床上，想着"啊，当时这么还嘴就好了，完了；当时果断离开就好了，完了"。因暗自后悔而辗转反侧不能成眠，所以别说伟大了，我简直就是最糟糕的失败者。前些天，我也曾对某个年少的友人说，你似乎以为你身上有什么优点，但那些名垂后世的人，在你这个年纪已经读过万卷书了，而且那些

① 指太宰治。详情见《乞食学生》一文。——译者注

书不是什么猿飞佐助[1]啦、鼠小僧[2]啦，或者侦探小说、恋爱小说之流，而是在那个时代任何学者都未曾读过的万卷书，仅凭这一点你就已经不合格了。何况在武力上，那些人也都无一例外地格外强大，而且从不炫耀，听说你是剑道二段，习惯每次喝酒都要跟我掰手腕，但那实在太难看了，没有哪个伟人会那么做。所谓名人高手，大都呈现无力之相，而且往往很沉稳，在这一点上你也完全不合格，还有你上初中时做出过不自然的行为[3]吧，也已不合格了，伟人终其一生从不会那样做，作为男子，那是比死更耻辱的。而且，伟人不会觉得寂寞而哭哭啼啼，没有过多的感伤，皆平静地忍受着孤独，不像你，被父亲稍微骂了两句就想找朋友倾诉孤独之苦，连女人也比你更有力量忍受孤独。不是说女人三界无家吗？便是出生的那个家，也迟早总得嫁人离开，所以父母的家是所谓寓居，嫁去另一个家了，若不合家风，便有可能被休，一旦被休，那就惨了，将无处可去，就算没被休，一旦丈夫死了会怎样？要是有孩子，倒是可以去孩子家得到赡养，但那也不是自己的家，仍是寓居，就连这等传说中三界无家的女人，也不会哀叹自己的孤独，而

---

① 小说创作的虚构人物，传说为真田幸村（1567—1615，日本战国末期名将，被誉为“日本第一兵”，是日本史上三大悲剧英雄之一）效力，所谓“真田十勇士”之一。——译者注

② 江户后期的著名盗贼，本名次郎吉，因身轻如鼠到处出没，故绰号鼠小僧。——译者注

③ 当指自慰。——译者注

是忙碌做针线活、洗衣服，到了晚上，在那别人的家里，不也睡得很安稳么，真有胆量，你比女人还不如，是最下等的人类，你和我完全一样。但不知为何，我总觉得在当今这个时代，我们必须清楚地知道自己与伟人有多大的不同……我也曾笑着试图如此忠告那个自称天才诗人的家伙。这些天来，事事都在告诉我，我是多么的没用，而我只会觉得败兴，一味变得死心眼。那些想像虫子一样默默学习之类的、教人难为情的、像煞有介事的心态，也都源于此。前几天，我戴着战帽，缠着绑腿，参加了在乡军人的分会阅兵，在五百人里，唯独我一人的动作十分扎眼，连单腿跪姿都做不到让人满意，我被分会长骂了一顿，登时没了兴致。我想教大家知道，别看我在这种场合表现得如此失败，一旦对簿公堂，我可是个相当靠得住的男人，于是便紧闭着嘴，目眦欲裂地瞪着分会长，然而完全没用，只显出了泪眼朦胧的乞怜般的眼神，这似乎便是唯一的效果。我属于第二民兵，且是丙类，好像可以不参加当时的阅兵，但在班长的建议下还是去了。服装这东西真是不可思议，只要穿上第二民兵的服装，无论是谁，看起来都像一个货真价实的第二民兵，职业、年龄、知识、财产等气味完全消失，医生也罢，工人也罢，官老爷也罢，剃头匠也罢，看起来都是同龄同资历的第二民兵。说书里常讲，一个人纵然衣着寒酸，但人品气质俱佳，即非寻常之辈，而实际上，只要穿上第二民兵的服装，就确确实实成了第二民兵，这正是军纪的可贵之处，务令其不对上级生出傲慢之心。我那天完全就是第二民兵，而非别的任何身份。而且，我是个操作蹩脚的士兵，只因我一人的参与，似乎给我所在的小队添了很大的麻烦。我就是那么的丢人现眼。然而，一起十分意外的事件突然发生了。阅兵结束后，审查官老大佐给出了这样的评价："今日诸君的成绩还算良好。"

"最后，"大佐进一步提高了嗓门，"我想告知诸君，在你们当中，有一位很令人钦佩，他并未受到召集，却自愿来参加了今日的阅兵，此诚可谓美谈，其心性值得信赖。当然，我会立即向上司汇报。现在，我要点出这人的名字，请你用响亮清晰的声音回答，让这五百名会员都听得见。"

我还在想，居然有如此奇特之人，不知究竟是何方高人，结果居然点了我的名。"到。"由于喉咙里堵住了痰，我回答的声音非常嘶哑，听来十分怪异，别说五百人了，有没有十个人听清楚了都难说，总之是个气势不振的回答。我以为哪里弄错了，但重新想想，倒也并非毫无根据。尽管我身体不好，属于丙类，但由于班里人数很少，便在邻居班长的建议下来了，即所谓聊胜于无，却不料，这居然成了值得高度赞扬的善举。我觉得大家好像都在嘲笑我，内心凄惨不堪。阅兵结束回来的路上，我仍自卑得不想和任何人照面，避开大道，低着头匆匆走在田间小路上。那一晚，我喝光了配给的一斤酒，却仍消不去心头块垒。

“今晚你真是一言不发啊。”

“我要学习。”在报纸的座谈会上，一位勇士如此说道。打开降落伞降落，啪啦一声落在草地上，阒然无声。独自一人。便是勇士，此时想必也是寂寞的。那种所谓置身古井底部的孤独感，我那晚也一边喝酒一边深刻地体会到了。操作极其蹩脚、小心翼翼的三十五岁老兵，居然作为模范受到了表扬，这实在令人内心难安，便是铁面皮，至此地步，也不得不弃笔捂脸了。

（前略）到建历元年，他终于十二岁了，是年九月十五日，他在当时的别当定晓僧都的禅房内剃度受戒，取法名公晓，随后太夫人带他来向将军请安，那是我初次见到这位年轻的禅师。一言以蔽之，他是个非常亲切的人。他看上去拥有自幼尝尽世间辛酸之人所特有的磊落，但同时，笑容里又隐藏着一丝卑屈、怯懦的阴影，他带着那害羞般的笑容，对我等近侍也一一鞠躬致意，显得彬彬有礼。从那个年仅十二岁的孩子的态度中，隐约可见其强行试图表现出开朗和天真的努力，我觉得他很可怜，心下黯然。不过，源家直系的血统果然优异，他的身体长得十分强壮，至于容貌，尽管与将军那坚毅厚重的面庞相比，显得有点儿过于纤美，但仍如贵公子一般优雅。当时，他像撒娇似的紧挨太夫人而坐，然后仰头看着将军，只是微笑。

许是我的错觉，当时将军似乎有些不悦，良久不发一言，一直蜷身低头，坐在那里一动不动，过了好一阵子，才懒洋洋地抬起头，问了一个出人意料的问题：

“喜欢学问吗？”

“喜欢，”太夫人代为回答，“最近看起来很乖。”

“也许勉强了，”将军又低下头去，似自言自语一般轻声说道，“但那是唯一的生存之道。”

# 无人知晓

“谁也不知道，”四十一岁的安井夫人笑着讲述道，“有一件可笑的事。那是在我二十三岁那年春天，所以已是二十年前的故事了。它发生在大地震前夕。当时和现在，牛込[①]这一带都没什么变化。大街变宽了些，我家的院子被砍掉一半，改建成了马路，本来有个池塘，也被毁掉了。要说变化，也就这些吧，便是现在，从二楼走廊仍能直接看到富士山，军队的喇叭声也依旧朝夕可闻。父亲当初任长崎县知事时，受邀就任了这里的区长一职，那是在我十二岁那年夏天，母亲当时也还活着。父亲正是东京牛込生人，祖父是陆中盛冈人，年轻时独自一人飘然来到东京，以半政治家半商人的身份——嗯，也许该叫绅商——做了一些危险的事，但好歹总算成功了，中年时买下牛込的这座宅邸，算是安顿了下来。我不知是真是假，据说

① 东京都新宿区所辖地区之一，指旧东京市牛込区的范围，位于新宿区东北部。——译者注

他与很久以前在东京站遇难的原敬[1]是同乡，而且不管论年龄辈分还是政治资历，祖父都是远胜对方的前辈，所以祖父能够支使原敬，而原敬即使在成为内务大臣之后，仍会在每年正月到牛込来我们家拜年。不过这种说法不太可靠。因为，祖父告诉我这些事，是在我十二岁第一次和父母一起回到东京这个家的时候。在那之前，祖父一直独自生活在牛込，如今则已是年过八十的脏兮兮的老头子。而我以前一直随当官的父亲辗转于浦和、神户、和歌山、长崎等任地，我出生就是在浦和的官舍，来东京这个家里玩的次数也屈指可数，所以我和祖父不是很熟悉。十二岁时第一次在这个家里安顿下来，和祖父一起生活之后，我仍觉得他是个陌生人，整天脏兮兮的，而且祖父有很重的东北口音，所以我听不懂他在说什么，这使得亲近之感愈发遭到了削弱。因为我和祖父一点也不亲近，所以祖父变着法子讨好我，那些关于原敬的事，也是他在某个夏夜里盘腿坐在院中的纳凉长凳上，单手叉腰，边挥扇子边讲给我听的。但我很快就觉得无聊了，故意夸张地打了个哈欠，祖父乜斜了我一眼，突然改变了语气，悄声说道：‘原敬没意思，好，那就说说牛込七大怪事，在很久很久以前……’总感觉他是个狡猾的老头子，原敬的故事只怕也不可靠。后来我问父亲，父亲苦涩地笑了笑，

① 原敬（1856—1921），日本政治家，日本第19任首相，在任时于东京站遭暗杀身亡。——译者注

摸了摸我的头，温柔地告诉我：‘可能到家里来过一次，爷爷不会说谎。’祖父在我十六岁那年去世了。尽管我并不喜欢他，但在葬礼当天，我哭得很厉害。或许是葬礼办得过于华丽，所以我才兴奋得哭了。葬礼后的第二天，我一到学校，所有的老师都来劝我节哀，我每次都不免痛哭。我的朋友也出乎意料地对我表示同情，令我惴惴不安。我当时每天步行去市谷的女校上学，就像一个小女王，幸福得过分。父亲四十岁任浦和的教务部长时，我出生了。前后就我这一个孩子，所以父母及周围的人都将我视若珍宝。我本以为自己是个懦弱、孤独、可怜的孩子，但现在想想，我似乎果然是个任性、傲慢的孩子。进了市谷的女校没过多久，我就交到了一个叫芹川的朋友，当时我自以为在交往中对待芹川很友善、很周到，然而现在想想，我还是太自大了，或许在旁人看来，我是那种觉得麻烦但仍故作亲切的态度。芹川也非常坦率地支持我所说的一切，所以我俩就好像主人和家臣一样。芹川家就在我家对面，你也许知道，就是那家名叫华月堂的点心铺，对，现在还像过去一样生意兴隆，至今仍在售卖一种叫‘十六夜’的豆馅糯米点心，馅儿里加了栗子，是他们最拿手的。现在已换了年轻一代当家，芹川的兄长成了老板，从早到晚拼命工作。老板娘似乎也是个勤劳的人，总是坐在账房里等着接客人订货的电话，并麻利地吩咐学徒做事。我的那位朋友芹川，在从女校毕业后的第三年，就找到一个好男人嫁了。她现在好像住在朝鲜的京城，我们已经近二十年没见了。她的丈夫是毕业于三田的义塾的正派人，据说正在朝鲜的京城经营一家规模很大的报社。芹川和我在离开女校后一直未断交往，但说是交往，我却从未去芹川家里玩过，总是芹川来找我，话题大多是关于小说。芹川从上学时就爱读漱石[①]和芦花[②]的作品，作文也非常成熟，写得很好，而我在那方面完全不行，一点儿兴趣也没有。尽管如此，离开学校后，芹川时常为我带来小说，在借以打发时间的阅读过程中，我似乎也有点儿明白了小说的有趣之处。不过，我觉得有趣的书，芹川却不大推崇，而芹川推崇的书，我却看不懂好在何处。我喜欢鸥外[③]的历史小说，芹川却笑话我老土，告诉我有岛武郎比鸥外深刻得多，并带来了两三本那人的书，可我一点儿也读不懂。现在再读，或许会有不同的感受，但那位有岛先生的作品里，尽是些无关紧要的议论，在我看来很无趣。我一定是个俗人吧。当时的新锐作家众多，有武者小路[④]、志贺[⑤]，以及谷崎润一郎、

---

① 夏目漱石（1867—1916），日本近代国民作家。代表作有《我是猫》《哥儿》等。——译者注

② 德富芦花（1868—1927），日本小说家。代表作有《黑潮》《不如归》等。——译者注

③ 森鸥外（1862—1922），日本小说家、评论家、翻译家，与夏目漱石齐名。代表作有《舞姬》《高濑舟》等。——译者注

④ 武者小路实笃（1885—1976），日本小说家、剧作家，白桦派代表作家之一。代表作有小说《友情》《真理先生》、戏剧《人类万岁》等。——译者注

⑤ 志贺直哉（1883—1971），日本小说家，白桦派代表作家之一。代表作有《到网走去》《暗夜行路》《在城崎》等。——译者注

菊池宽、芥川[①]等人，我喜欢其中的志贺直哉和菊池宽的短篇小说，为此也被芹川以‘思想贫弱’之类的评语嘲笑，但我就是不喜欢理论过多的作品。芹川每次来都带一些新刊杂志啦、小说集啦，给我讲了许多小说的情节和作家的逸闻，但她实在太过热衷了，令我甚至觉得可笑，直到有一天，芹川那般热衷的原因终于被我发现了。女性朋友之间，一旦变得稍微亲近了，就会马上把相册拿给对方看。有一天，芹川拿来了一本大相册给我看，我一边听着芹川那周到得近乎聒噪的解说，敷衍地随声附和，一边一张一张地看，发现其中有一张照片，是一个非常英俊的学生拿着书站在玫瑰花园的背景前，我不由得说道：‘哇，这人长得真俊。’不知为何，我感到脸颊发烫。芹川突然‘哎呀’一声，从我手中抢过相册，我立刻恍然大悟。‘好了，我都看到了。’我平静地说道。芹川突然嘻嘻地笑了，似乎很开心，自顾自地开始飞快说道：‘你知道了？我大意了。真的？一看就知道了？从上女校时就和他交往了，你知道的。’我明明什么也不知道，她却竹筒倒豆子般都说了出来。她真的是个诚实、无辜的人。是叫投稿杂志的读者通信栏吧，有这样的地方吧？通过那个通信栏，照片上的英俊学生和芹川互相交流，即所谓产生了共鸣吧，身为俗人的我是不懂。总之从那以后，二人逐

① 芥川龙之介（1892—1927），日本小说家。代表作有《鼻》《罗生门》《地狱变》等。——译者注

渐开始直接通信，从女校毕业后，芹川对他的感情迅速升温，二人遂定了终身。芹川告诉了我很多事，说对方是横滨一家船运公司的次子，是庆应的高才生，将来会成为一名优秀的作家，然而在我听来，那些事仿佛非常可怕，我甚至觉得龌龊。同时，我又妒羡芹川，邪念滋生，心怦怦直跳，但我努力不形于颜色，说道：'真是件好事，要和他好好处。'芹川很敏感，顿时怫然作色，一反常态地向我发起强烈的攻击：'你真是坏心眼，心里藏着匕首，你总是冷冰冰地轻蔑我，你可真是狄安娜[①]啊。''对不起，我没有轻蔑你，看起来冷漠是因为我那有欠缺的性格，我总是被人误解，你们的事真的让我觉得害怕，对方太英俊了，我可能是在羡慕你。'芹川高兴地恢复了心情，'你说的没错，这件事我只对家里的哥哥说过，哥哥也说了和你一样的话，坚决反对，让我找个更普通、更靠谱的人结婚。哥哥本就是个彻头彻尾的现实家，倒也难怪会那么说，但我不在乎哥哥的反对。来年春天，他从学校毕业后，我俩自己会好好决定的。'她可爱地摆出一副斗志昂扬的派头。我强颜欢笑，只是点头听着。她的天真无邪让人觉得很美很羡慕，而我的土气、俗气则让人觉得丑陋得不得了。自从有了那次开诚布公的交谈，芹川和我之间变得不像以前那么融洽了，女孩子真是奇怪啊，一旦中间多

① 罗马神话中的处女神之一，对应希腊神话中的阿尔忒弥斯，反对男女婚姻。——译者注

出某个男人，不管以前多么亲密，态度都会立刻变得假模假样，彼此疏远。我们之间虽没有那么巨大的变化，但彼此都变得客气了，连打招呼都小心翼翼，话也少了，一切都变得像大人之间似的，双方都避免提起那张照片的事。就这样过了一年，我和芹川都迎来了二十三岁的春天，事情恰巧发生在那年的三月末。晚上十点钟左右，我和母亲在房间里一起缝父亲的哔叽外衣，女佣悄悄拉开隔扇，冲我招了招手。‘我？’我用眼神询问，女佣认真地轻轻点了两三下头。‘怎么了？’母亲把眼镜推到额头上问女佣，女佣轻咳一声，似乎有些难以启齿，‘那个，芹川的哥哥找小姐有事。’说完又咳了两三下。我立即站起身，来到了走廊。我觉得我已经明白了。一定是芹川出了什么问题，我断定绝对是这么回事。我正要去客厅，女佣低声说道：‘不，在厨房那边。’她就像一个为多大的事而紧张的人，微微弯着腰一路小跑，当先赶了过去。芹川的哥哥站在昏暗的厨房门口，面带微笑。上女校时，我每天早晚都会跟芹川的哥哥打招呼，他总是在店里和学徒们一起勤勤恳恳地努力工作。从女校毕业后，他仍会每周来一趟我家，送来我订购的点心，我也不客气地叫他哥哥。不过，他从不曾这么晚来我家，而且还特意偷偷地叫我出来，这令我十分兴奋。我愈发肯定是芹川的那个问题爆发了，不待对方问我，便迫不及待地主动先开口了：

‘我最近没见过芹川。’

‘小姐，你都知道了？’哥哥一瞬间露出了诧异的表情。

‘不知道。’

‘哦。那家伙不见了。她可真傻，文学什么的，就没好事。小姐，你以前知道她的事吧？’

‘嗯，’声音卡在喉咙里出不来，‘我知道。’

‘她逃走了。但我大概知道她的去向。小姐，那家伙最近没跟你说过什么吗？’

‘嗯，最近她对我也很疏远了。唉，发生了什么事呢？您不进屋吗？我有许多事想问您呢。’

‘哈，谢谢。但我不能待在这里，我得马上去找她。’

我一看，哥哥穿着西装，带着行李箱。

‘您有线索吗？’

‘嗯，有。我要把他俩痛揍一顿，然后让他俩在一起。’

说完，哥哥潇洒地笑着走了，我仍站在厨房门口茫然目送他离去，然后回到房间，装作没注意到母亲询问的神色，安静地坐下来，在刚开始缝的袖子上继续缝了两三针后，我又悄然起身，来到走廊一路小跑，跑到厨房门口趿拉上木屐，然后不管不顾地冲出了家门。那是一种怎样的心情呢？我始终不明白。我下定决心要追上哥哥，到死也不离开他。芹川的事完全不重要了，我只想再见哥哥一面，我愿意做任何事，只要和哥哥在一起，去哪儿都行，请带我逃离吧，请让我变得一塌糊涂吧。在那个夜晚，我一个人的思绪突兀地熊熊燃烧起来，我像狗一样默默地穿过一条又一条黑暗的小巷，时而踉跄跌倒，我整理好前襟，继续无言地奔跑，泪水涌出，现在想起来，感觉自己当时仿佛置身于第十八层地狱。到达市谷见附市的电车站时，我几乎已无法呼吸，身体很痛苦，眼前黑蒙蒙的，想必定是处在了昏厥的边缘。车站里一个人影也没有，看来上一趟电车刚刚驶离。'哥哥！'我声嘶力竭地喊出了最后一个心愿。寂然无声中，我把两袖合在胸前，心灰意冷地离开了。路上我整理好衣服，回到家里，静静地拉开房间的隔扇。母亲有些狐疑地看着我的脸问道：'出什么事了吗？''嗯，说是芹川不见了，大麻烦。'我不动声色地答道，然后又开始缝衣服。母亲看上去还想继续问我些什么，但似乎改了主意，默默地继续缝衣服。这就是我要说的。先前说过，芹川和那位三田先生已顺利成婚，现在好像住在朝鲜。我也在第二年迎来了现在的丈夫。我和芹川的哥哥后来也见过面，但什么事也没发生。他现在是华月堂的当家，娶了个漂亮娇小的老板娘，生意很是兴隆。他每周仍会来我家一趟，送来我订购的点心。没什么特别的变化。那晚，我可能一边缝衣服，一边迷迷糊糊地睡着做了个梦。作为梦境，它真实得可怕，历历如在眼前。你明白吗？这个故事听起来简直像一个谎言，但要保密哦，毕竟女儿你已经上女校三年级了嘛。”

# 越诉

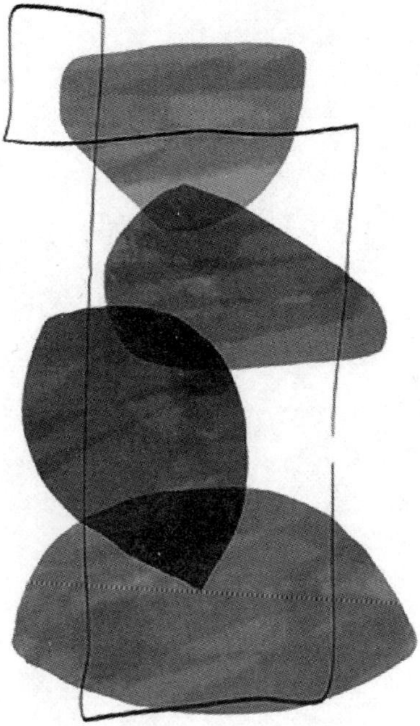

禀报老爷，禀报老爷，他很残忍。是的，残忍。这家伙很讨厌，是个坏人。啊，我受不了他。不能教他活着。

是，是，我冷静下来说。不能教他活着，他是世人的仇敌。是，我统统交代。我知晓他的住处，马上为您带路，请将他千刀万剐、凌迟处死。他是我的老师、我的主人，但和我同龄，今年三十四岁，我比他只晚生两个月，应该没什么差别。人与人之间哪有那么巨大的差别。然而，我迄今是如何被他任意驱使、刁难嘲弄的啊。啊，我受够了，已经忍无可忍。该发火时还不发火，做人还有什么意义？我是如何秘密庇护他至今的，谁也不知道，甚至连他自己都没发现。不，他是知道的，一清二楚，正因为知道，才更瞧不起我。他很傲慢，因为受了我许多关照，便对自己感到懊恼。他很自大，甚至到了愚蠢的程度。他坚信，受到我等的关照，在他却是极大的自卑。他无比希望自己在别人眼中是个无所不能的人。太荒唐了。世界不是那样子的。想在这世上活下去，就不得不向别人低头，只有这样一步一步历尽艰辛，方能成为人上人，此外别无他法。他到底能做什么呢？什么也做不了。在我看来，他就是个小毛孩子。当初若非有我在，他肯定早就和他那些愚蠢无能的弟子在某处荒野落魄而亡了。“狐有穴，鸟有埘，人之子却无处枕”——没错，没错，就是那个。他都承认了。彼得[①]能做什么？雅各、约翰、安德烈、托马斯[②]，一众傻子纷纷跟随他，说些令人脊背发寒的阿谀之言，热衷于相信可笑的天国并为之狂热，他们是打算待那天国临近，好当右大臣、左大臣吗？愚蠢的家伙！连当天的面包都没得吃，若非我筹措食粮，他们统统都得饿死。我让他布道，偷偷搜刮群众的香钱，此外，我还向村里的富人索取供品。从住行起居的照料到日常衣食的购买，我都不厌其烦地代劳，然而他就不必说了，就连他的弟子，那帮蠢货，对我也不说一句感谢的话。他非但不感谢我，还对我每天如此隐忍的辛苦佯作不知，总是口出狂言，极尽奢侈。甚至只有五块面包和两条鱼时，他还要强人所难，吩咐我把食物分给眼前的大帮群众，我私下勉强筹措，大吃苦头，才终于购齐了他要求的食物。可以说，迄今为止，我已无数次帮他完成奇迹，为他那危险的

① 耶稣十二使徒之首，初代教会的核心人物之一。——译者注

② 均为耶稣十二使徒中的人物。——译者注

把戏担任助手。别看我这样，我绝非吝啬之人，不仅如此，我还是一个品位颇高的鉴赏家。我认为他是一个极美的人。在我看来，他像孩子一样没有贪欲，我为了获得每天的面包拼命攒钱，他却马上就让我把钱一厘不剩地花在无用的事情上。但我并不怨恨。他是个极美的人。虽然我本是个穷商人，但我认为我是理解理想主义者的，所以不管他如何愚蠢地将我辛苦积攒的一点点小钱白白浪费，我都不在乎。我是不在乎，但他偶尔对我说两句善意的话也好啊，可他总是对我使坏。有一次，他在春天的海边闲逛，突然召唤我的名字："我也受你照顾了呢。我理解你的寂寞，但你不能总是那么面色不悦。在寂寞时作寂寞色，是伪善者所为，不过是刻意改变颜色给别人看罢了，为的是让别人知道他很寂寞。你若果真信神，便当寂寞之时，亦可若无其事，把脸洗干净，头上涂膏油，以微笑示人。你不明白吗？纵然别人不懂你的寂寞，只要你的真诚的父神——在某个不可见之地的父神理解你，就够了不是吗？寂寞是任谁都有的。"听他这么一说，我不知怎的只想放声大哭，不，就算天父不理解我，就算世人不理解我，只要你理解我，就够了。我爱你。我对你的爱胜过其他任何弟子，不管他们爱你有多深，我比谁都爱你。彼得和雅各他们只是你的跟屁虫，尽想着得些好处，唯独我知道，跟你同行没有任何好处。但我离不开你。这是怎么回事呢？你若消失在这世上，我也会马上死去，不能独活。我总在暗自思考一件事，那就是你离开所有无聊的弟子，也停止宣扬天父的教义，作为一介朴素之民，和你的母亲玛利亚女士，还有我，一起度过宁静的一生。我的村子里有我的小房子，还有年老的父母，还有一片相当大的桃田，在春天的这个时候，桃花盛开，格外漂亮。我们可以安乐地度过一生，我将永远伴你左右为你效劳，并愿你娶一位好妻子。他听完淡淡地笑了："彼得和西蒙是渔夫，没有美丽的桃田。雅各和约翰也都是赤贫的渔夫，他们没有任何土地可以安度一生。"他自语般地呢喃着，又静静地沿着海边继续走。唯独那一次，我能和他心平气和地交谈，从那以后，他再也不向我敞开心扉。

我爱他。他若死了，我也会一起死。他不属于任何人，他是我的。要是不得不把他交给别人，我会先杀了他。我抛弃了父亲，抛弃了母亲，抛弃了生我的土地，跟随他走到今天。我不相信天国，不相信神，也不相信他的复活。为何他会是以色列的国王呢？愚蠢的弟子们相信他是神之子，并从他那里听说了神国福音之类的东西，便可怜地为之欢欣雀跃。他们现在很失望，我知道。他曾承诺，自高者必降为卑，自卑者必升为高，但世人岂会如何宽大。他是个骗子，他的每一句话，从头到尾全是胡说八道，我一点也不相信。但我独相信他的美，那么美的人在这世上绝无仅有。我纯粹爱他的美，仅此而已。我不计报酬追随他，当天国临近时，好争当右大臣、左大臣吗？我的本性才没有那么卑劣呢。我只是不想离开他，只要陪在他身边，听着他的声音、看着他的身影就好。若有可能，我希望他停止传教，和我——就我们两个人——长长久久地活一辈子。啊啊啊，那该多好！我该多么幸福！我只信当下的、现世的喜悦，至于下一世的审判，我一点儿也不怕。他为何不接受我这不计报酬的、纯粹的爱呢？啊，请杀死他，老爷。我知晓他的住处，这就为您带路。他轻贱我、憎恶我，我不受待见。我为他和他的弟子们准备面包，使他们免于每日的饥渴，他却为何要如此刁难、蔑视我呢？

请听我说，那是六天前的事。当时，他正在伯大尼的西蒙家吃饭，该村有一名叫玛莎的女子，此女的妹妹马利亚，捧着一个装满穗甘松香油的石膏壶偷偷溜进宴会室，把油突然倒在他头上，连脚都浇湿了。可马利亚非但没为自己的无礼道歉，反而平静地蹲下身，用自己的头发小心翼翼地擦拭他那被淋湿的双脚，香油的味道弥漫整个房间，构成了一幅异样的风景。我不禁火冒三丈："焉敢无礼！"我冲那个做妹妹的怒吼道，"你这样弄，衣服不都湿了？而且把如此昂贵的油白白倒掉，不觉得太浪费吗？你该有多蠢啊！这么多油岂不需要三百第纳尔？你若卖了这油，赚来三百第纳尔，把那笔钱施舍给穷人，他们不知有多高兴。这么白白浪费掉怎么行呢！”我狠狠地骂了她一顿。于是，他朝我看了一眼，“不要责骂这个女人，她为我做了一件大好事。把钱施舍给穷人这种事，你们今后想怎么施舍就能怎么施舍，我已经不能再施舍了。原因我不会说，只有这个女人知道。她往我身上倒香油，是为了准备我的葬礼。你们也该记住，无论在全世界的哪一片土地上，凡是我短暂的一生被人传颂之处，人们也必将传颂她今日之举以作纪念”。说完，他苍白的面颊因过于激动而红了几分。我不相信他的话。我认为他照例仍在夸张地演戏，所以我能不动声色、置若罔闻。但我从他当时的声音及眼神中，感受到了前所未有的异样的东西，我瞬间不知所措，而且在重新端详过他那微微泛红的脸颊和被泪水濡湿的眼睛之后，我便恍然大悟了。啊，真讨厌，连说出口都觉得遗憾至极。他虽然并未爱上那个贫穷的农女——怎么会呢？那种事是绝对不可能的，但他对她的确怀有一种近似危险的奇怪的感情，不是吗？真不愧是他，居然对那种无知的农女之流产生了特殊的爱，哪怕这爱只有一点点，也是何等的失态啊，是无可挽回的大丑闻。我这人天生擅长嗅出别人的足以成为其耻辱的感情，我自己也觉得那是一种粗俗的嗅觉，很讨厌，但我拥有敏锐的天赋，只需一眼就能准确无误地看透别人的弱点。他对那个毫无才学的农女动了特别的感情，纵然这感情很微弱，但确实无疑。我的眼睛应该没疯。确实如此。

啊，受不了，忍不了。我觉得，他再这样下去就完蛋了，简直丑陋至极。在此之前，无论被女人如何喜欢，他总是优美如常、平静似水，丝毫不曾慌乱，这次是昏了头了，太没出息了。或许可以说，他还年轻，不能怪他。但如此说来，我也是同样的年龄，比他还晚出生两个月呢。在年轻这一点上，我们应该没什么差别。但我忍住了。我把我的心只献给他，迄今为止对任何女人都不曾动心。玛莎的骨架像牛的一样又大又结实，她脾气也很粗暴，除了干活是把好手，别无可取之处，是个不值一提的农女。但玛莎的妹妹马利亚则不同，她骨架纤细，皮肤苍白得几近透明，手脚也都柔软小巧，一双如湖水般深邃清澈的大眼睛，如梦似幻，总是出神地眺望着远方。这姑娘是如此高贵，令村里人都感到不可思议。我也觉得不可思议，还想过去城里时偷偷给她买匹白绢什么的。啊，我已经分不清了。我在说什么呀。是的，我很懊悔，不知道为什么，懊悔得捶胸顿足。他年轻，我更年轻。我是个才华出众、有家有田的大好青年，却为他放弃了我所有的特权。我被骗了。他是个骗子，老爷。他夺走了我的女人。不，不对！是那女人从我这里夺走了他。啊，也不对。我的每一句话都是胡说八道，请一个字也别信。我分不清了。抱歉，一不留神说了毫无根据的话，是我欠考虑了，那样的事实根本就不存在。不经意间说了难听的话，我很懊悔，懊悔得想把我的心剜出来。不知道为什么。啊，嫉妒是多么令人无法忍受的恶德啊。我是如此爱慕他，甚至不惜放弃自己的生命，一直追随他至今，可他对我却无半句好话，反而包庇那么低贱的农女，甚至脸都红了。唉，他果然没出息，昏了头了。

我已对他不抱期待。他是个凡夫，是个普通人，死不足惜。这么一想，我突然生出了可怕的念头。也许是被恶魔迷住了，从那以后，我就想干脆亲手杀了他。他肯定迟早都会被人杀死，而且隐约可以看出，他似乎也在刻意求死。我会亲手杀了他，我不想他死在别人手里。杀了他，我也死。老爷，请原谅我不知羞耻地哭哭啼啼。是，我不会再哭了。是，是，我会冷静下来说。第二天，我们终于朝着憧憬的耶路撒冷出发了。一大群人，无论老少，都跟随他，很快来到耶路撒冷圣殿附近。这时，他在路边发现一头老驴，便微笑着骑了上去，满面春风地告诉他的弟子们，这正是预言所说的“锡安的女儿啊，不要惧怕，看啊，你的王骑着驴之子来了”，独我一人郁郁不乐。他那模样是多么可怜啊。在期待已久的逾越节进入耶路撒冷圣殿，这是那位大卫之子应有的样子吗？他一生所求的，就是跨坐在这头老驴上蹒跚而行的悲惨情景吗？除了怜悯，我感觉不到别的。我觉得自己仿佛在观看一场悲惨而愚蠢的闹剧。唉，他也已然式微了，多活一天，只会多暴露一天浅薄的丑态。花未谢时方为花，花开堪折直须折。最爱他的人是我。别人怎样憎恨我都无妨。必须尽快杀死他，我愈发坚定了这痛苦的决心。

群众的人数每时每刻都在增加，他们把红、蓝、黄等各色衣服扔在他通过的路上，或是砍下棕榈枝铺在他行经的路上，以热烈的欢呼声迎接他。人们前呼后拥，或从左右纠缠上来，最后宛如大浪一般将驴和他晃来荡去，狂热地齐声高唱："和散那[①]归于大卫之子，奉主名来的，是应当称颂的，高高在上和散那。"彼得、约翰、巴多罗买，以及其他所有弟子，都是笨蛋，他们仿佛已在眼前看到了天国一般，简直就像在追随凯旋的将军一样，欣喜若狂地互相拥抱，彼此交换着被泪水濡湿了的亲吻，尤其是顽固的彼得，竟抱着约翰高兴得哇哇大哭。看着他们那副模样，连我也不由得想起那些和这些弟子冒着艰难险阻徒步传教的日子，不知不觉眼眶发热。

他就这样进入圣殿，下了驴，也不知怎么想的，居然捡起一条绳子挥舞起来，将圣殿辖内的兑换银钱之人的桌台、卖鸽子之人的凳子都打翻了，还用那条绳鞭把所有待售的牛羊都赶出了圣殿，并冲圣殿辖内的众多商人高声怒吼道："你们都滚出去！别把我父的家变成买卖之地！"那么温柔的人，居然像个醉汉一样做出如此无聊的粗暴之举，我只能认为他是有点儿

① 该词在希伯来语中本为求助之意，后引申为赞美。——译者注

疯了。旁边的人也都很惊讶，问他怎么了，他竟气喘吁吁地回答说：“你们将这圣殿毁了吧，我在三天内重建一座。”连愚直的弟子们也不敢相信这句鲁莽至极的话，个个目瞪口呆。但我知道，那一定是他的幼稚的逞强，他定然是想向众人展示他那以其信仰做事无有不成的气概。即便如此，挥舞绳鞭到处追赶无力的商人，是多么小家子气的逞强啊。我甚至想怜悯地笑着试问他：你能做出的竭尽全力的反抗，就只是踢翻卖鸽子之人的凳子吗？他已经完了，自暴自弃了，已忘了自重自爱。他最近似乎开始知道凭自己的力量再也做不了什么，所以才趁着尚未露出破绽，故意被祭司长抓住，想就此与这个世界告别。想到这一点，我终于能彻底放弃他了，还能轻易地嘲笑自己的愚蠢——一直以来居然一心一意地爱着那么喜欢装模作样的大少爷。不久，他便当着聚集在圣殿的大群民众的面，用他迄今为止所说过的话中最过分、最无礼傲慢的暴语恶言，乱七八糟地谩骂了一通。他那样子确实是自暴自弃，甚至让我觉得有点肮脏。他是急不可耐地在求死呢：“你们这伪善的文士和法利赛人有祸了！因为你们只洗净杯盘的外面，里面却盛满了勒索和放荡。你们这伪善的文士和法利赛人有祸了！因为你们好像粉饰的坟墓，外面好看，里面却装满了死人的骨头和一切的污秽。你们也是如此，在人前、外面显出公义来，里面却装满了假善和不法的事。你们这些蛇类，毒蛇之种啊，怎能逃脱地狱的刑罚呢？耶路撒冷啊！耶路撒冷啊！你常杀害先知，又用石头打死那奉差遣到你这里来的人。我多次愿意聚集你的儿女，好像母鸡把小鸡聚集在翅膀底下，只是你们不愿意。”

太愚蠢了，令人喷饭，连模仿都觉得讨厌，这话说得太可怕了，他是疯了。除此之外，他还信口开河、大放厥词，说会有饥荒，会发生地震，星辰会从天空坠落，月亮将不再发光，秃鹫会聚集在满地的死人周围啄食尸骸，届时人们恐将哀哭，切齿悔恨。简直岂有此理！他说这些话该多么欠考虑啊，也太自负了，真是个笨蛋，不知道自己几斤几两，自以为是！他的罪已经无法抵赖了，他必将被钉在十字架上，这是一定的。

昨天我听城里的小贩说，祭司长和百姓的长老们秘密聚集在大祭司该亚法的院子里，决议要处死他。我还听说，在群众面前抓捕他有可能引发暴动，所以谁若找到他和弟子们的居处并通知衙门，就能得到三十两赏银。没时间犹豫了。他反正都得死，与其让别人把他交给衙役，不如由我来做。迄今为止我为他献上了一心一意的爱，这是最后的问候。我有义务这么做。我要出卖他。我站在了痛苦的立场上，谁能正确地理解我这一心一意的爱的行为呢？不，没人理解也无所谓。我的爱是纯粹的爱，不是为了让他人理解，不是那种卑鄙的爱。我也许会永远招人恨，但在这纯粹的爱的贪欲面前，再严酷的刑罚、再猛烈的地狱业火，都不是问题。我将以我的方式活下去。我已下定决心，这决心之坚定，甚至令我浑身颤抖。我一直在暗中等待合适的时机，终于，到了节日当天，我们师徒十三人决定借山丘上的一家老餐馆的昏暗的二楼房间来举行节日宴会。当大家都坐在餐桌前，正要开始节日的晚餐时，他突然站起身，默默地脱下上衣，就在我们疑惑地看着他，猜测他到底要做什么的时候，他拿起桌上的水罐，将罐中的水倒入房间角落里的一个小盆，然后把一条洁白的手巾缠在自己腰间，用盆里的水逐一给弟子们洗脚。弟子们不明所以，一时间张皇失措，但我觉得我似乎能理解他内心隐藏的想法。他太寂寞了，极度懦弱的他现在定是连无知而顽迷的弟子们都想依靠了。真可怜。他知道自己在劫难逃的命运。看他那个样子，我突然感到一阵强烈的呜咽涌上咽喉。我想立刻抱住他，和他一起哭。噢，可怜的家伙，谁能治你的罪呢？你总是那么善良、那么正确，总是站在穷人一边。而且，你总是美得光芒万丈。我知道，你确实是神之子。请原谅我，这两三天，我一直在找机会出卖你。现在我已不想这样做了。居然要出卖你，我这是何等荒谬的胡思乱想啊。请放心，从现在起，就算来五百个官差、上千名士兵，我也不让他们碰你一根手指头。你现在被人盯上了，很危险，马上逃离此地吧。彼得过来，雅各也过来，约翰也过来，大家都过来。“让我们保护我们善良的主，一生永远这样活下去。”——这发自心底的爱的话语虽然未能说出口，但它在我心中沸腾，我被迄今从未感受过的一种崇高的灵感打动了，饱含歉意的热泪愉快地顺着脸颊流淌下来。没过多久，他也静静地、仔细地给我洗了脚，用缠在腰间的手巾轻柔地擦拭。啊，当时的那种感触该怎样形容呢？对了，我当时也许见到了天国。在我之后，他给腓力洗了脚，然后是安得烈，然后是彼得。但彼得是那样愚直的老实人，无法掩饰他的疑惑，便多少有些不满地噘着嘴问道：“主啊，您为何要给我等洗脚呢？”他温和地说：“哦，我做的事你不懂，过后可能就明白了。”说着，他在彼得脚边蹲了下去，但彼得仍顽固地拒绝：“不，不可，您永远不可为我洗脚。我不敢当。”彼得缩着脚坚持道。于是，他稍稍提高了一点声音，十分果断而强硬地说道：“我若不为你洗脚，你和我就再也没有任何关系了。”彼得顿时慌张极了，连忙俯首恳求道：“啊，对不起。既然如此，就请您尽情地为我洗脚，以及手和头吧。”我不禁失笑，其他弟子也静静地露出微笑，房间里似乎一下子亮了起来。他也笑了一下，“彼得啊，只要洗了脚，你的全身就干净了。哦，不仅是你，还有雅各和约翰，大家的身体都变得纯洁无垢了。不过——”说到这里，他迅速直起身子，那一瞬间，他的眼神充满悲伤，仿佛承受了难忍的痛苦，随即又紧紧地闭上眼，就这么闭着眼说道：“要是所有人都干净就好了。”我猛然一惊。糟了！他是在说我。他看穿了我直到前一刻仍企图出卖他的阴暗内心。但那时的我是不同的，绝对和现在不同！我已经变干净了，我的心已经变了。啊，他不知道，不知道我已经变了。

“不！不是的！”这已经来到嗓子眼的呼喊，被我那颗软弱卑屈的心像吞口水一样咽回了肚里。说不出口，我什么也说不出口。既然他这么说，我也许还是不干净。——如此怯生生地予以肯定的偏见昂首抬头，那卑屈的反省眼看着膨胀起来，又丑又黑，在我的五脏六腑里左冲右突，反而掀起了滚滚的愤怒之焰，喷薄爆发。唉，完了。我完了。他从心底里讨厌我了。出卖吧，出卖吧。杀了他，然后我也一起死。先前所下的决心再度复苏，我彻底变成了复仇之鬼。他似乎并未注意到我内心一而再、再而三的翻天覆地的大动乱，很快就穿好上衣整好服装，在席间悠然落座，脸色异常苍白：“知道我因何要为你们洗脚吗？你们称我为主，又称我为师，这是不错的。我是你们的主，又是你们的师，却为你们洗了脚，所以你们今后也当注意，要和睦相处，为彼此洗脚。我可能无法永远和你们在一起，现在借此机会，为你们示范了一下，你们也须像我一样去做。师必优于弟子，所以你们要好好听我的话，不要忘记。”他用非常沉郁的语气说道，无声地开始吃饭，突然：“你们当中有一个人要出卖我。”他低下头，用呻吟、唏嘘般的苦涩声音说道。弟子们都惊恐万状，一齐踢开座位站起身，聚集在他周围，纷纷吵嚷不休，“主啊，是我吗？主啊，您是在说我吗？”他像垂死之人一样微微摇了摇头：“我现在要给那人一小块面包。他是个十分不幸的人。真的，他要是不曾出生就好了。”他以意外干脆的语气说着，拿起一小块面包伸长胳膊，准确无误地按到了我嘴上。我也已经有了胆量，憎恨超过了羞愧。我恨他事到如今还刁难我。像这样在所有弟子面前公然羞辱我，是他一贯的行径。水火不容，我和他之间存在着永远无法融合的宿命。像喂狗或喂猫一样，把一撮面包屑塞进我嘴里，那是他无奈泄愤的方式吗？哈哈，蠢货。老爷，那家伙对我说，快点做你要做的事，我便立刻冲出餐馆，在黄昏的路上一个劲儿地跑，现在才赶来这里，然后便急忙向您禀报。好了，请惩罚他，请随意惩罚。可以抓住他，用棍棒殴打，扒光他的衣服，然后杀死。我已经、已经受不了了。那家伙太讨厌、太过分了，一直那么欺负我。哈哈哈哈，混蛋。他现下正在汲沦溪对岸的客西马尼园。二楼房间里的晚餐已经结束，他肯定和弟子们去了客西马尼园，现在正是向上天祈祷的时刻，除了弟子们没有别人。现在出手，可以轻易抓住他。啊，小鸟叫，吵死了。为何今晚的鸟叫声如此刺耳？我赶来途中经过的树林里，也有小鸟一直叽叽喳喳叫个不停。在夜里唱歌的小鸟很少见。我怀着孩子般的好奇心，想看一眼那是只什么鸟。我止步扭头，透过树梢观察。啊，我在说什么无聊的事呀，抱歉。老爷，准备好了吗？啊，好期待，心情舒畅。今夜对我来说也是最后一晚。老爷，老爷，今晚请好好看看我和他并肩而立的光景。我今晚要和他并肩而立让大家看看。没必要怕他，无须对他卑躬屈膝。我和他同龄，同样是优秀的年轻人。啊，小鸟的叫声吵死了，真刺耳。为何小鸟会像这样到处乱叫呢？叽叽喳喳的，闹腾什么呢？哎呀，那些钱是……给我的吗？给我三十两赏银？原来如此，哈哈哈哈。不，我还是拒绝吧。趁着还没挨打，你最好把钱收起来，我不是想要钱才来举报的。收起来！不，对不起，我还是收下吧。对了，我是个商人。难道正是因为金钱，我才总被优美的他瞧不起吗？还是收下吧，我终究是个商人，就用被他瞧不起的金钱来狠狠地报复他，这是最适合我的复仇手段。活该！他被卖了三十两银子。我一声也不会哭。我不爱他，从一开始就丝毫也没爱过。是的，老爷，我说的全是谎言。我是因为想要钱才追随他的，没错，一定是这样。我今晚终于看透了，他是不会让我赚到一丁点儿钱的，所以我这个商人就迅速背叛了他。钱，这世上钱最重要。三十两银子，真是太棒了。我就不客气了。我是个吝啬的商人，想要钱都想疯了。是的，谢谢。是，是，我早该自报家门。我名商人犹大，嘿嘿，加略人犹大。

# 追思善藏

——明确说说看，别藏着掖着。什么笑话啦、冷笑啦，都给我打住。这不是谎言，你就说一说。

——若按你说的做，我将不得不再坐一回牢，不得不再自溺一回，不得不再疯一回。到那时，你也不逃吗？我总是满口谎言，但一次也不曾骗你。我的谎言不总是被你轻易就识破了吗？也许真正凶恶的骗子反而在你尊敬的人当中。我讨厌那个人。我不想成为他那种人，对他是如此排斥，以至于我终究连真实的事都说得好像谎言一样。稍显混浊，但我不会欺骗你。就算不能清澈见底，我今天也会向你坦白实话，纵然这实话听上去如同谎言。

据说，晓云是晚霞的孩子。没有夕阳，就生不出晓云。晚霞总在想：我累了，别那么盯着我。不要爱我，我是将死之身。但是，请务必跟明早从东方升起的太阳做朋友，那是我亲手养大的孩子，是个胖得溜圆的好孩子。晚霞向诸君如是诉说，然后悲伤地微笑。届时，诸君能嘲骂晚霞病态、颓废吗？立即回答“能”并捋胳膊挽袖子向前迈出一步的壮士模样的男人，是这世上最大的浑蛋。正因为有你这样的浑蛋，这个世界才变得越来越不宜居。

请原谅我话说得过了，我不是人生的检察官，也不是法官，没资格指责别人。我是个坏孩子，罪孽深重，做过的坏事恐怕是你的五十倍、上百倍。现在，当下，我仍在做坏事，再怎么小心也没用，没一天不做坏事。我向神祈祷，自缚双手，匍匐在地，可是蓦地回过神来，却发现又做了大坏事。我是个必须挨鞭笞的男人，就算被打到血如泉涌，我也必须保持沉默。

晚霞也并非天生就以丑陋、含羞的笑颜现世，她亦有过一段美好的时光，胖得溜圆，天真无邪，意气风发，热情似火，在天上东奔西走，坚信有志者事竟成。但现在却成了弱者。对她来说，出身本非劣势，之所以软弱，是意识到了自己的恶。“我昔日高居王座之上，而今静观庭中玫瑰。”这是朋友山樫君的原话。

我的院中也有玫瑰，有八株，花未开，唯有不安的小叶子在寒风中瑟瑟发抖。这些玫瑰是我上当买下的。那种欺骗手段很浅薄，几乎完全是暴力的，所以我当时实在是说不出的不愉快。九月初，我从甲府搬到这三鹰田间的租房，在第四天中午，一个农女突然出现在院子里，发出了低三下四、令人肉麻的声音：

“抱歉打扰了。”

我当时正在房间里写信，闻声停笔，端详对方。那是一个肥胖的农女，三十五六岁，脸像栗子一样浮肿，面色黧黑，细如针的眼睛闪烁着令人生厌的光，一笑便露出森白的牙齿。我感到不舒服便默不作声，女人却冲我郑重地鞠了一躬，一边乜斜着我的脸，一边又说道：

“抱歉打扰了，我是这里的庄稼人，这次要在田里盖房子，种养的这么多玫瑰不得不拔掉扔了，怪可怜的，而且也很可惜，所以想请您允许我把它们栽在您的院子里。玫瑰种了有六年了，您看，根都长这么粗了，每年都开漂亮的花。我是个农民，天天在那边下田干活，会常过来照顾它们的。老爷，我们的地里有大丽花，还有郁金香，花草多得很，下次我再带来您喜欢的种下。要是不好的人家，我也不会登门，而您家很好，我很喜欢，所以就这样来求您了。”

她声音略显低沉，拼命求我让她种那些玫瑰。我知道她在撒谎。这一带所有的田地都属于我的房东。我租这房子时听房东说过，所以很清楚。对于房东的家族，我也很了解，只有老先生，老先生的儿子、儿媳，还有一个孙子，一家四口，应该没有这么一个肮脏、老于世故的女人。她定是以为我刚搬来三鹰不过四天，什么都不知道，便信口开河胡说八道。从服装来看就很敷衍——她身穿干净无垢的工作服，腰扎淡紫色伊达窄腰带，头裹布手巾，藏青色手套配藏青色绑腿，崭新的草鞋，衲缝的汗衫，怎么看都太过完美了，是在戏剧中才会出现的相当概念化的农民装束。她定是假冒的。这是极其恶劣的强卖。其态度、声音，甚至透着愚蠢的献媚，实在令人作呕。然而，我却未能叱责并赶她走。

“那真是辛苦了。让我看看玫瑰吧。”连我自己都觉得惊讶的彬彬有礼的话语脱口而出，我感到一阵无力，这无力源自别人对我抱有期待，而那是走了霉运，我死心了，现在别无选择，只能站起身，来到廊子里，甚至强颜欢笑。我也软弱得教人讨厌，不能全怪别人。玫瑰用粗草席卷着，都有一尺二三寸那么高，有八株，没开花，连花蕾都没有。

“今后还会开花吗？”

“会开的，会开的。”我话音未落，她就抢着答道，一双仿佛已被泪水濡湿的细眼尽力睁得老大。毫无疑问，那是属于骗子的眼睛。观察说谎之人的眼睛就会发现，无一例外，都像她这样含着淡淡的泪水。“到时候香喷喷的，可好闻了。呐，这是奶油色的，这是浅红色的，这是白色的。”她自顾自地说道。作为习性，骗子是半刻也不能不说话的。

“这一带的田地都是你的吗？”我反而在心里捏了把汗，小心翼翼地问道，就像生怕戳破一个脓包。

“是的，是的。”她用略显尖锐的声调答道，并点了两三下头。

“你说要盖房子，什么时候盖？”

“马上就要盖了，好像要盖一栋气派的豪宅呢。哈哈哈。”她像男人一样豪放地大笑。

“不是你们的房子对吧？这么说，你们把地卖掉了？”

“没错，就是这么回事。卖掉了。”

“这些地每坪卖多少钱？价格相当不错吧？”

“一坪要二三十元吧。呵呵。”她低声笑道，却有汗水正从额上渗了出来。她尽力了。

我输了。我不想继续欺负她。我也曾像她这样，明知显而易见的谎言已被识破，仍竭尽全力咬定不认。犹记得当时我的眼睑因那不可思议的泪水而发烫。

“请种下吧。要多少钱？”我想让她快点离开了。

“啊，我可不是来卖花的，是觉得这些玫瑰可怜，才来拜托您的，”她满面含笑，突然把脸凑近我，低声道，“一株就给五十分吧。”

“喂，”我招呼正在三张榻榻米大的后屋里做针线活的妻子，“付钱给她。我买了玫瑰。”

假冒的农民镇定自若地种下了八株玫瑰，假惺惺地道谢后便离开了。我站在廊子里，一边茫然地望着那八株玫瑰，一边告诉妻子：

“喂，刚才那人是假冒的。”我意识到自己的脸变得通红，连耳朵都发烫。

“我知道，”妻子满不在乎，“我本想出面拒绝，你却走出去说要看看。我不愿意只让你当善良的老好人，教我一人看起来像个母夜叉，所以我就假装不知道。”

“那笔钱可惜了。四元呢，太过分了。我感觉就像被人生生灌下了一碗滚水。这是欺诈，令人作呕。”

“这不挺好的吗？至少玫瑰留了下来。”

玫瑰留了下来——这理所当然的想法，给了我非比寻常的勇气。随后的四五天里，我迷上了这些玫瑰，用淘米水浇灌，用茅草做枝棍儿，将枯萎的叶子一片一片摘掉，还剪了枝。每株玫瑰上都爬满了浮尘子般的小绿虫，我一只不留都除去了。我兴奋地祈祷：别枯死，别枯死，扎根吧。总算，玫瑰并未枯死。

早晨、中午、晚上，我都恋恋不舍地站在廊子里眺望篱笆对面的农田。我心想，那中年妇女若不是假冒的，在田间突然现身，我该多高兴啊。出于由衷的大欢喜，我也许会道歉："对不起。我一直以为你是假冒的。怀疑别人是不对的。"并流下感谢神的泪水。郁金香和大丽花都不需要，那种东西我并不想要。只要让我看一眼你站在田里干活的身影，就算拯救我了。出来吧，出来吧，露面吧。我久久地伫立在廊子里，环顾田野。然而农田里只有芋头的叶子在秋风的吹拂下一齐摇头喧闹，时不时地，房东大爷背着双手在田里走来走去。

我被骗了，毫无疑问。现在，一切希望都寄托在这些寒酸的玫瑰上，只在于它们开出怎样的花。应该让我看到不抵抗主义的成果。我半死心了，以为它们不会开出多好的花。然而，约十天后，一个朋友——他是个默默无闻的西洋画家——来三鹰我这草舍游玩，告诉了我一个意外的事实。

当时，我收到了故乡的一家略有名气的报社的东京分局寄来的请柬——祝您身体健康，生活顺利。时已入秋，金黄的稻田和鲜红的苹果使乡里即将幸运地迎来连续四年的丰收。借此机会，敝社想请本县出身的与艺术方面有关的各位朋友齐聚一堂，就东京、乡里的津轻、南部，做一晚的畅谈。百忙之中多有打扰，还望务必出席。云云。那张往返明信片上印着和蔼可亲的邀请词，注明了日期、时间和地点。我回复说我会出席。我明明一向那么怯惧故乡，为何回答要出席呢？理由有三：一是，我从小就懒得到人群中去，年纪大了以后，这个坏习惯非但没有改正，反而更显著了，我曾以有事为由磨磨蹭蹭，缺席了必须出席的聚会，亏欠许多人情，最终被人误解为傲慢，吃了很大的亏，所以我暗下决心，今后要努力在人群中露面，真诚地打招呼，履行市民的义务。二是，在那家报社的总社，有一个担任主管的人名叫河内，我五年前生病时，曾蒙他费心挂怀。河内先生和我从高中时就已认识，他一直默默地支持我那些名声很臭的小说。六年前生病时，我曾到处借钱，虽然后来一点一点还了，但至今未能全部还清。当时，我也给河内先生写了一封半癫狂的借钱信，河内先生回信了，却是拒绝借钱，但即使被拒绝了，我仍然感激他。对我这样的所谓一介穷书生，河内先生坦然透露了他家中的所有状况："由于家里是这样的状态，很明显无法满足你的希望，而犹豫不决又非我本意，因此这回我要干脆地拒绝。"在这些话语的深处，能感受到有男子气概的宝贵的东西，我即使在痛苦中也很感激。这事我没忘。报社这次的邀请，一定是河内先生等人的计划。若以有事为由缺席，或者——应该不会发生这种事，但万一对方多少有点怀疑，以为是当初不曾借钱给我，所以我才不出席，那我将比死了还痛苦。绝无此事。那时我反而真的很感激。我现在无论如何必须出席。三是在于请柬上的文字，其中写着：金黄的稻田和鲜红的苹果使乡里即将幸运地迎来连续四年的丰收。我也是津轻的孩子，稀里糊涂便写下了“出席”二字。

故乡的山河浮现在我眼前。我已长达十年未见故乡了。八年前的冬天，那段日子想来也很痛苦，我被青森的检事局①传唤，一个人偷偷地坐上了从上野开往青森的快车。当列车驶近浅虫温泉时，黎明到来，雪花纷飞，浅虫的浓灰色的大海波浪滔天，浪花像玻璃碎片一样呈三角形飞散，漆黑如墨的乌云低垂，仿佛要把大海压碎。嗟，再也不会来了！就在那时，我已彻底做好了思想准备。到达青森，我立即去了检事局，接受了种种调查，得到回家的许可时已是夜半。从法院的后门向外踏出一步，暴风雪立刻就像千百支箭扑面而来，斗篷的下摆一下子就被卷起，我的全身都被蹂躏得一塌糊涂。在寒冷无人的道路上，我像一个身在故乡却仍孤独万分的旅行艺人般，怀着卖

① 检察厅的旧称。——译者注

火柴的小女孩一样的忐忑，呆立不动，怒火中烧地自问：这就是故乡吗？这就是那个故乡吗？深夜一个人影也见不到的街道上，只有暴风雪在咆哮，打着白茫茫的旋儿疯狂肆虐，我缩着肩膀侧着身子赶往火车站，在青森站前的路边摊吃了一碗中国荞麦面，就坐上了去上野的火车，未同故乡的任何人见面，直接回了东京。十年来只匆匆一瞥的故乡，在我竟是如此痛苦。而今，我已被痛苦折磨成了老糊涂，变得十分软弱，被“金黄的稻田，鲜红的苹果”这等甜言蜜语吸引，就连过去对故乡的憎恶也忘得一干二净，不知不觉便写下了“出席”二字。这就是第三个理由。

回复出席后，我变得日益不安。因为我有了“出人头地”的想法。作为乡土出身的艺术家受到故乡报社的邀请，这难道不是一种衣锦还乡吗？难道不是巨大的荣誉吗？一想到有可能成为名士，我就猝然不知所措，狼狈不堪。在我看来，隔扇对面确实有一大群人，他们出于恶作剧的坏心眼，故意将污名众多的我当成名士郑重对待，背地里吐舌头，互相挤眉弄眼拉衣扯袖，窃笑不已。我感到非常不安。故乡没一个人读我的作品。就算有人读，他们怕也只会面带悯笑专挑那些描写主人公丑态的部分，大为震惊地讲给别人听，谩骂、嘲笑我为乡里之耻。四年前，我在东京见过长兄一面，当时长兄对我说：“别再把你的书寄给亲戚们了，连我都不想读。你知道亲戚们读了你的书，都——”说到这里，他突然缄口不语，埋下头去，但我俱已了然。我打算到死都不再寄给乡里的人哪怕一本书。便是同乡的文学家，除了甲野嘉一君，都在笑话我；与文学无缘的画家、雕刻家们，也轻信那些偶尔登在报上的对我的作品的辱骂，怕也在自作聪明地苦笑吧。我不是被害妄想狂。我决不会故意怀着偏见思考问题。说不定，事实也许更残酷，便在艺术家同行中也是如此。当故乡的人坐在火炉边闲聊时，唯一的话题恐怕便是“听说辻马家（D是我的笔名，辻马是我的姓氏）的幺弟正在东京丢人现眼呢”，然后突然不再提起，扇一扇火，重新泡壶茶，话题便转移到秋祭的准备上了。

愚蠢的穷作家连自己处在那样的孤独立场都不知道，一接到故乡报社的邀请，便立即答应出席，还暗自窃笑，自以为出人头地了，岂不可怜？哪里出人头地了？衣锦之荣也没什么了不起的。我的情况正是马夫穿华衣，完全就是笑柄。我意识到这些事情时，不禁羞臊得团团乱转。我心想，完了！果然还是应该缺席。不不，不管是出席还是缺席，总之答复就已是卑劣的表现了。就算受到邀请，也该佯作不知不予答复，暗自脸红，缩起身子瑟瑟发抖，这才是适合我当下状态的做法。

自己的软弱，稀里糊涂便答复出席的自己的软弱，令我深感懊恨，悔之不及。一切都缘自我的愚蠢。事已至此，不如索性大起胆子堂堂正正地穿着裙裤出席，即使人们嘲笑我，我也干脆装成名士，做一番大演说好了。——这种近似破罐破摔的暴戾根性也抬起了头。世间唯力，一个人只要坚持用力向前冲，很快人们就不会再嘲笑他，啊，浅薄，知耻吧！轻易便转而赞赏他、敬畏他的姿态也很讨厌，还暗中谄媚、进献贡品。激愤之下，我想试着堂堂正正地穿上裙裤出席，并做一番大演说，可是不行，会给人添麻烦。没写出好作品，都是蒙人的。不诚实、卑屈、骗子、好色、窝囊废。不用站在神的审判台上，我总是语无伦次。我坦白。激愤之下，我还是想穿裙裤做一番大演说，因动摇天地般的空想而独自心潮澎湃，蓦地清醒过来，就知道了自己只是蝼蚁，只想缩着脖子消失，但又忍不住觉得至少可以穿上裙裤。我无法割舍对俗世的留恋。反正都要出席，不如干脆穿上裙裤，打扮整齐，因为我豁牙很丑，所以尽量不笑，始终紧闭着嘴，然后久违地使用明确的话语向大家道歉。如此一来，说不定故乡的人就会觉得，辻马家的幺弟比传闻中说的更像样。出席吧。还是穿上裙裤出席吧，然后用干脆利落的语气和大家打招呼，谦恭地坐在末席，这样一来，我定能博得好名声，我的故事将口口相传，甚至连远在七百多千米外的故乡也能有所耳闻，令生病的老母亲脸上现出平静的微笑。这不正是一次绝好的机会吗？去吧，穿上裙裤去吧。我再次感到无比激愤，心像要裂开似的。无法割舍，故乡，我无法割舍那般嘲笑我的故乡。病好之后，四年来我只有一个念想，越来越炽烈。在内心的角落里，我终究还是渴望衣锦还乡啊。我爱故乡。我爱故乡的所有人！

赴邀的日子到了。那天从早上就开始下大雨，但我已打算出席。我有裙裤，是一条相当不错的裙裤，绸子料的。这是我婚礼时用过的，妻子用油纸郑重地包好保存在箱底，以为它是仙台绫的料子。她似乎武断地认为，既然在婚礼上穿过，就一定是仙台绫的。然而我当时太穷了，根本买不起仙台绫，婚礼时也是用这条绸料裙裤应付过去的。妻子不知为何始终以为它是仙台绫的料子，事到如今，我也不好破坏她的幻想，不然她就太可怜了。所以我尚未能说出真相。我想穿那条裙裤去。在我而言，至少算是锦衣。

“喂，给我拿一条好裙裤。”我果然说不出“仙台绫”这三个字。

“仙台绫吗？得了吧。藏青地碎白花纹和服配仙台绫，看起来很怪。”妻子表示反对。作为出门穿的单衣，我只有一件藏青地碎白花纹和服，本应还有一件夏天穿的短褂，但不知何时弄丢了。

“有什么怪的，拿来。”我本想说出真相——那不是仙台绫的，但忍住了。

“不滑稽吗？”

“没关系。我想穿它去。”

“不行，”妻子很顽固。她似乎很珍视与那条仙台绫裙裤有关的回忆，其利己主义使她不希望我胡乱穿去外面糟蹋了，“有一条斜纹哔叽的。”

“那条不行。穿那条走起路来，我看上去活像个映画解说员。它已经脏了，不能用了。”

“今早我熨过了，藏青地碎白花纹和服配它正合适。”

妻子不懂我当时钻牛角尖的劲头有多么强烈。我本想向她解释，但太麻烦了。

“仙台绫——”终于连我也说谎了，“仙台绫更合适。雨下得这么大，哔叽很快就会被淋湿变得皱巴巴。”我无论如何都想穿那条裙裤去。

“还是哔叽好，”妻子变成了恳求的语气，“不如用包袱皮裹起来带着免得弄湿呢？到那边再穿就行了。”

“好吧。”我放弃了。

我让妻子将袜子和哔叽裙裤用包袱皮裹好，撩起后衣摆，打着伞冒雨出门了。我有一种不好的预感。

宴会地点在日比谷公园里一家有名的西餐厅，时间定在下午五点半，但由于途中巴士联系不上，我过了六点钟才到。我悄悄拜托负责服装的青年，借用了门口旁的一个小房间，在那里换了衣服。房间里有一个身穿高级西服，脸色苍白的十来岁的男孩，懒散地坐在那里，一边吃点心一边由家庭教师教他算数，可能是这家餐厅的宝贝儿子。家庭教师是个二十七八岁的又白又胖的稳重女性，戴着一副劳埃德眼镜。我在房间角落里重新扎紧腰带，解开包袱皮穿上袜子，然后磨磨蹭蹭地摆弄着哔叽裙裤。她可能觉得我笨得可怜，便默默地起身走过来，帮我穿好裙裤。她将裙裤的带子在前面打成了整齐的蝴蝶结。我简单地道了声谢，便小跑着出了房间，然后故意慢慢登上正对面的楼梯，途中解开了那个蝴蝶结。把脏兮兮、皱巴巴的裤带打成蝴蝶结，太教人难为情了，简直惨不忍睹，我也算是服了。

一步踏入会场时，我紧张得直打退堂鼓。就是现在。现在正是恢复我在故乡这十年来的不光彩名声的时候。装成名士吧，名士。突然有人拍了拍我的肩膀，我一看，是甲野嘉一君。我顿时忘了自己的牙齿很脏，咧嘴笑了起来。甲野嘉一君和我是十多年的朋友，我们的交往非是同乡之故。甲野君是一位诚实的艺术家，所以是我攀交的他。甲野嘉一君也笑了。我笑得更欢了，都忘了要保持矜持。

宴会的席位定下来了。我正是名副其实的末席。经过一阵忙乱的争论，我便成了末席。不过，十分之中，有三分是我有意主动选择了末席。我觉得这并非出于对此次聚会的尊敬，反而是因为排斥。岂止是排斥，我想我甚至有一种不逊的蔑视的心思。我也说不清楚。总之，我坐在了末席，而且心里确实很舒服。我真的很高兴，以为这样就好了，也许从现在起也还来得及挽回名誉。然而，从那以后就不行了。我后来的态度非常糟糕，完全不行。

我是个好生没用的男人，一点儿出息也没有。我被故乡宠坏了，一接触故乡的氛围，身体就完全变得倦懒、任性，几乎失去了自制力。连我自己都觉得不行，意志的车闸融化消失了，只有胸膛里在不舒服地响动，浑身的螺丝都松弛了，怎么也拿不住劲儿。山珍海味接连被摆上席，我胸口却堵得厉害，根本吃不下。我什么也没吃，光喝酒了，咕嘟咕嘟地痛饮。因为下雨，窗户都紧闭着，房间里十分闷热，酒精游遍全身，使我呼哧呼哧地喘着粗气，脸怕是红得像煮章鱼。不行，这样下去，故乡对我的评价会变得更差。母亲和兄长若见到我这副不堪的模样，该多么失望啊，恐怕会捶胸顿足、悔恨不已。尽管我频频地感到悲伤，但我已经失去了意志的车闸，一个劲儿地光喝酒。我的态度很稚拙，都三十一岁了，却一点儿也不讨人喜欢，仍很懒散，恃宠而骄，可谓丑怪至极。随着酒意上涌，我自顾自地感到悲怆，又是试图否定这整个聚会，又是企图装模作样地夸耀异端，或者改变想法：哎呀哎呀，在此列席之人全是相当了不起的人物，是善良、谦虚的艺术家，都是经历过辛苦生活的诚实之人。卑鄙者仅我一人。嗟，我是个胆小鬼，优柔寡断，既然如此讨厌这次聚会，为何还要穿上裙裤来出席呢？你那卑劣的焦躁，我已经看透了。——我如此叱责自己，总之，当时我的心境完全不成样子，始终心神不定，不停左摇右摆，光知道喝酒。大量的酒精在体内游走，使我全身发烫，已经到了从头上冒热气的程度。

开始自我介绍了。大家都是名人。日本画家、西洋画家、雕刻家、剧作家、舞蹈家、评论家、流行歌手、作曲家、漫画家，皆带着一流人物的派头，淡定地自报姓名，还附带开一些轻松的玩笑。我自暴自弃了，不是在不该鼓掌的时候大声鼓掌，就是明明没听别人说了什么，却胡乱附和一气，大家一定都觉得角落里的那个醉汉是个卑鄙的家伙，内心感到不快，产生嫌恶之情，眉头紧皱。我对此一清二楚，但意志的车闸早已失灵。大家依次做自我介绍，逐渐快要轮到末席了。倘若现在就轮到我，以当下这种状态，我到底该怎么自我介绍呢？我已失去理智，大演说什么的想也不敢想了。我的发言大概会被当成醉汉的胡言乱语而遭到嘲笑。突然，一条融雪的小河浮现在眼前，岸上生长着翠绿的芹菜。啊啊啊，我有话要说，有许多话要说。可突然我又不想说了。不知为何，我厌了。算了，即使我永远不被故乡理解也没关系。我放弃了，放弃了衣锦还乡。酒意不断上涌，脑子里乱糟糟的，即便如此，我还在想这想那，烦恼不已，我决定向报社的人道谢说“今天多谢款待了”，然后便立刻离开。当时我能由衷说出的最坦诚、最不伪的话，就只有那一句道谢。但我又想，倘若只说一句“今天多谢款待了”就离开，好像会暴露我不能用自己的钱买酒喝的事实，岂不显得我卑贱又贪婪？我听到心里有个声音在连声阻止我，一时不知如何是好。

轮到我了。我浑身瘫软地以东施效颦般的丑女媚态——教人恨不得痛揍一顿——站起身，瞬间思考该如何应对。我不想提 D 这个名字。这个名字一定会被人当耳旁风，遭到轻蔑。我的作品很可怜，对不起读者。若说“我是 K 镇过马家的幺弟”，则会令母亲和兄长蒙羞，况且我知道长兄正因故乡的某起事件而遭受着痛苦的大灾难。我家在过去的五六年里，不光是我的不孝，似乎还因其他事一直深陷不幸。请原谅我。

“我是K镇过马……”我以为我是这么说的，但声音卡在喉咙里，想必几乎没人能听清楚了。

“重说一遍！”从上席那边发出一个沙哑的声音，我顿时用我走投无路的思绪冲那声音爆发了：

“吵死了，闭嘴！”我的确应该是小声说的，但坐下后，我环顾四周，发现彻底冷场了。已经不行了。我肯定会被视为不可救药的无赖而名噪故乡。

关于我后来的恶行，就不再说了。厚颜无耻地坦白，反而是在向读者撒娇，也许是企图尽量减轻我的罪孽，是一种卑劣的精神，我必须默默忍受，等待神的严厉裁决。是我不好，暴露了我所有的恶习。我踏上归途，冒着倾盆大雨从吉祥寺站坐上人力车回去了。车夫是个步履蹒跚的老翁。老翁浑身湿透，一路跌跌撞撞，不住发出痛苦的呻吟，而我只叱骂了他。

“天哪，明明不痛苦却夸张地呻吟，真是太没毅力了！跑得再快点！”我暴露了恶魔的本性。

那晚，我终于明白了，我不是那种出人头地的人，必须放弃，必须就此明确放弃对衣锦还乡的憧憬。人间到处有青山，必须从容镇静。我这一生可能将作为路边的街头乐师而告终。我演奏的愚蠢、顽迷的音乐，只要想听的人来听就好。艺术是不能命令的。艺术一旦获得权力就会灭亡。

翌日，一位正在学习西洋画的朋友来到三鹰草舍来看我，我很快就谈起了前一晚的大失态，并向他倾诉了我的决心。这位朋友也从濑户内海的故乡岛上被赶了出来。

“故乡，就像泪痣。一旦在意起来，就没完没了。就算做手术，也会留下疤痕。”这位朋友的右眼下方，有一颗足有红小豆那么大的泪痣。

我无法从这种敷衍的话语中得到安慰，郁闷地仰面朝天，一个劲儿地抽烟。

就在这时，朋友盯着我院子里的八株玫瑰，告诉了我一个意外的事实。他说这是相当优秀的玫瑰。

“真的吗？”

“好像是。这些已经超过六年了，而一株新苗就要一元多呢。”朋友曾在玫瑰上下过苦功，他在大久保家中的小院里种有四五十株玫瑰。

“可是，来卖花的女人是假冒的啊。”我迅速将我受骗的经过讲给他听。

“商人是连不必要的谎话都会说的家伙。她大概是无论如何都想让你买下吧。嫂夫人，借剪刀一用。”朋友来到庭院里，热心地帮我剪去了玫瑰多余的枝条。

“不知是不是同乡，那女人，”不知为何，我的脸颊变得滚烫，“她一定不是骗子。”

我坐在廊子里，抽着烟，感到了非同一般的满足。有神在。一定在。人间到处有青山。应该看到不抵抗主义的成果。我觉得我是个幸福的人。有句话说，悲伤是出钱就买得到的。从牢房窗户里看到的蓝天是最美的。感谢。我一瞬间心想，只要这些玫瑰活着，我就是心的王者。

太宰治・无人知晓

だざいおさむ　だれもしらぬ

时间宝贵，我们只读好书。

## 和风译丛·太宰治系列推荐

本书创作于第二次世界大战期间。在战争硝烟的笼罩下，作者一家人不得已进入狭小的防空洞中躲避空袭。父亲为了安抚躁动不安的小女儿，将日本传说进行改编并讲给女儿听，于是便有了《御伽草纸》这本传世经典。

“人生总是在上演着这样的故事，这就是所谓的人性悲喜剧。”太宰治根据《去瘤》《浦岛太郎》《舌切雀》等耳熟能详的日本传说故事进行改编，表现出对人性和现实命运的反思，但在风格上却一改往日的沉郁颓废，转为轻松平和，《御伽草纸》是太宰治笔下少有的温情之作。此外，本书中还收录《竹青》与《维庸之妻》。

根据日本现实主义之父井原西鹤的作品改编，同时注入太宰治的人生哲学，这是两位日本文学家的一次跨时空“合作”。太宰治借西鹤之口揭露现实、剖析人性，在战火下仍然笔耕不辍，为的是在乱世中仍然能使文学精神得到传承。

本书作品多描述市民生活中的奇闻异事，从小人物着笔，折射出日本社会的喜怒哀乐，趣味十足而又发人深省。是选择追名逐利还是坚守本心？这是作者留下的问题。至于问题的答案，则需要读者在人生之中探寻。

只读

时间宝贵，我们只读好书。

## 和风译丛·太宰治系列推荐

津轻是太宰治的故乡，他短暂人生中的前二十年都在这里度过。可以说，是津轻成就了如今的太宰治；而当太宰治重游故园时，他也找回了久违的温暖。本书不仅是一部描写津轻风土人情的优秀作品，而且具有极高的文学价值。阅读此书，或许可以让我们通过太宰治的成长之路，得到前所未有的精神力量。

《春天的盗贼》收录了《春天的盗贼》《俗天使》《新哈姆莱特》《女人的决斗》《女人训诫》等太宰治的小众作品，题材丰富，表现形式多样，每一篇作品都展现出了太宰治出众的洞察力和文学才能，同时也让我们在阅读中窥见太宰治内心的挣扎和对美与善的一丝希望。

只读

时间宝贵，我们只读好书。

## 和风译丛·太宰治系列推荐

战争时期，太宰治将笔触转向历史传奇，并创造出乱世中的一方净土。本书收录了太宰治为人称颂的翻案杰作《右大臣实朝》《追思善藏》等，是研究太宰治文学风格和艺术水平的重要参考。太宰治用其对情节独特的处理手法，为传统作品注入了新的价值。在明暗意向的交织下，展开了一幅描绘人性的画卷。

不论身处何等黑暗之境，内心深处一定会有不灭的希望，太宰治即是如此。总是给人留下颓废、消极印象的太宰治，心中也有柔软的一面。他在逆境之中寻求生命的意义，并鼓励读者勇敢地追寻梦想，保持善良和美好的人性，满怀信心地迎接每一天。《归去来》中收录太宰治数篇真心之作，是太宰治彼时心境的真实写照，也是他留给后人的宝贵精神财富。

只读

时间宝贵，我们只读好书。

## 和风译丛·太宰治系列推荐

《古典风》收录了太宰治的日常随笔、短篇小说、散记等。题材丰富，形式多样，展现出太宰治在文学领域的多种探索，并在其中融入了太宰治自身对于人生的感悟。这些作品的问世打破了大众对太宰治“忧郁、堕落”的刻板印象，逐渐认识到他作为一个普通人所具有的丰富情感。想要了解真实的太宰治吗？那你一定不能错过这本《古典风》。

“我一定会战胜这个世界的！”这是主人公芹川的宣言，少年总要经历挫折和磨难才能成长，而他们身上最宝贵的便是勇气与希望。芹川的故事正是每一位青少年的真实写照，即使遭遇挫折、经历失意，也不会停下勇往直前的脚步，这才是青春的意义。

《正义与微笑》语言细腻，风格明快，真实地再现了一个正值青春的少年在面临人生选择时的心理变化。一反往日作品的“颓废、压抑”之风，展现出太宰治积极向上的一面。

只读

时间宝贵，我们只读好书。

**—和风译丛—**

001 太宰治《人间失格》（平装）
002 太宰治《惜别》（平装）
003 织田作之助《夫妇善哉》（平装）
004 宫泽贤治《银河铁道之夜》（平装）
005 坂口安吾《都会中的孤岛》（平装）
006 上村松园《青眉抄》
007 太宰治《关于爱与美》
008 谷崎润一郎《黑白》
009 梶井基次郎《柠檬》
010 幸田露伴《五重塔》
011 宫泽贤治《银河铁道之夜》（精装）
012 太宰治《人间失格》（精装）
013 太宰治《惜别》（精装）
014 芥川龙之介《罗生门》
015 泉镜花《汤岛之恋》
016 夏目漱石《我是猫》
017 樋口一叶《十三夜》
018 尾崎红叶《金色夜叉》
019 坂口安吾《都会中的孤岛》（精装）
020 樋口一叶《青梅竹马》
021 织田作之助《夫妇善哉》（精装）
022 太宰治《虚构的彷徨》
023 太宰治《他非昔日他》
024 小泉八云《怪谈：灵之日本》
025 小泉八云《影》
026 谷崎润一郎《盲目物语》
027 谷崎润一郎《细雪》
028 太宰治《富岳百景》
029 太宰治《东京八景》
030 太宰治《黄金风景》
031 横光利一《春天乘着马车来》
032 谷崎润一郎《少将滋干之母》
033 谷崎润一郎《猫与庄造与两个女人》
034 永井荷风《梅雨前后》
035 樋口一叶《五月雨》
036 永井荷风《地狱之花》

只读

时间宝贵，我们只读好书。

037 永井荷风《晴日木屐》
038 芥川龙之介《英雄之器》
039 谷崎润一郎《秘密》
040 芥川龙之介《素盏鸣尊》
041 式亭三马《浮世澡堂》
042 三岛由纪夫《春雪》
043 三岛由纪夫《天人五衰》
044 三岛由纪夫《潮骚》
045 三岛由纪夫《假面的告白》
046 三岛由纪夫《金阁寺》
047 芥川龙之介《丝女纪事》
048 太宰治《和风绘·女生徒(插图纪念版)》
049 太宰治《和风绘·舌切雀(插图纪念版)》
050 芥川龙之介《和风绘 · 地狱变(插图纪念版)》
051 小泉八云《和风绘·怪谈(插图纪念版)》
052 吉田兼好《徒然草(中日对照版)》
053 川端康成《雪国》
054 川端康成《伊豆的舞女》
055 川端康成《古都》
056 川端康成《千只鹤》
057 川端康成《花未眠》
058 川端康成《东京人》
059 太宰治《御伽草纸》
060 太宰治《诸国奇闻新解》
061 太宰治《津轻》
062 太宰治《春天的盗贼》
063 太宰治《无人知晓》
064 太宰治《归去来》
065 太宰治《古典风》
066 太宰治《正义与微笑》